W0360599

rororo

Valeria Parrella, 1974 in Neapel geboren, ist promovierte Sprachwissenschaftlerin und Dolmetscherin für Gebärdensprache. Sie lebt in Neapel. «Die Signora, die ich werden wollte» ist ihr erstes Buch.

«Locker, lässig und cool erzählt.» (Die Zeit)

Valeria Parrella

Die Signora, die ich werden wollte

Erzählungen

Deutsch von Constanze Neumann

Rowohlt Taschenbuch Verlag

Die Originalausgabe erschien 2003 unter dem Titel
«Mosca più balena» bei minimum fax in Rom

Veröffentlicht im Rowohlt Taschenbuch Verlag,
Reinbek bei Hamburg, Januar 2007
Copyright © der deutschsprachigen Ausgabe
2005 by SchirmerGraf Verlag, München
Copyright © 2003 by Valeria Parrella
«Mosca più balena» © 2003 by minimum fax, Rom
Umschlaggestaltung any.way, Barbara Hanke / Cordula Schmidt
unter Verwendung des Original-Umschlags des SchirmerGraf Verlags,
nach einem Entwurf von Paul Barnes
(Umschlagillustration unter Verwendung einer Idee von
Jean-Baptiste Mondino und einer Porträtfotografie
von Christopher Thomas)
Satz ITC Legacy Serif PostScript, PageOne
Gesamtherstellung Clausen & Bosse, Leck
Printed in Germany
ISBN 13: 978 3 499 24345 5
ISBN 10: 3 499 24345 8

Inhalt

Woran ich mich nicht mehr erinnere

Kepler war der Hofmathematiker des deutschen Kaisers Rudolf II. Seine Hauptaufgabe bestand darin, gute Horoskope zu stellen.

J. D. Bernal, Geschichte der Physik

Bei dem Erdbeben war ich sechs Jahre alt. Ich war Einzelkind, ich rannte barfuß zu meinen Eltern unter den Türbogen.
«Das ist der tragende Pfeiler», sagte mein Vater im Tonfall eines Architekten, «hier sind wir sicher.»
Da es dunkel war, entdeckten wir erst am nächsten Tag, daß der einzige tiefe Riß in der ganzen Wohnung ausgerechnet durch diesen Pfeiler ging.
Drei Monate später sagte eine berühmte Wahrsagerin unseres Stadtviertels Tag und Stunde des nächsten Erdstoßes voraus. Die Leute schliefen mit dem Koffer unter dem Bett, und weil sich die Wahrsagerin nicht irren konnte, gingen alle am Tag X auf die Straße und zündeten Feuer an.
Meine Eltern haben nicht kirchlich geheiratet und nach meiner Geburt Lee Salks Erziehungsratgeber gekauft. Sie bemühten sich, alle Ereignisse des Lebens in einem kartesischen Koordinatensystem zu verorten. Ich hatte in der Schule von der Vorhersage gehört und sah vom Balkon aus die Feuer brennen.
«Mama, warum laufen wir nicht fort?»
«Das ist alles bloß Aberglauben. Es gibt weder Wahrsager noch Zauberei, niemand kann in die Zukunft sehen, denn keiner weiß, was passieren wird.»
Ich sah Katia in den Hof hinuntergehen.

«Mama, Katia ist runtergegangen, sie hat ihren Ranzen dabei»

«Der nützt ihr gar nichts, wenn ihre Eltern ihr Dinge einreden, die es nicht gibt. Wir können nur an das glauben, was man anfassen und sehen kann.»

Ich betrachtete den Riß, der den Türbogen in zwei Hälften teilte, und ging meine Schultasche packen. Nachdem ich die Stifte und Hefte gezählt und eine Unterhose mit dem aufgestickten Schriftzug «Dienstag» eingesteckt hatte, nahm ich noch meine Lieblingspuppe mit – die mich nachts vor der Dunkelheit schützte und tagsüber vor Voltaire.

Da klopfte auch schon die Signora Russo an unsere Tür, sie war ausgestattet wie für den Luftschutzkeller.

«Signò, kommen Sie nun endlich?»

«Aber Signora, erzählen Sie doch keinen Unsinn, setzen Sie sich, ich mache uns einen Kaffee.»

«Kaffee? Sie müssen fliehen!»

«Seien Sie vernünftig! Wie wahrscheinlich ist es, daß gerade jetzt der nächste Stoß kommt? Dann müßten wir ja immer auf der Straße bleiben!»

«Aber die Wahrsagerin hat ihn für jetzt vorausgesagt – in einer halben Stunde.»

«Sie glauben doch nicht etwa der Wahrsagerin? Sie sind eine so tapfere Frau, rackern sich von früh bis spät ab und glauben diesen Betrügern, die aus ihrem Aberglauben Kapital schlagen wollen?»

«Signò, was hat das damit zu tun ... na gut, machen Sie, was Sie wollen, aber geben Sie mir wenigstens die arme Kleine mit!»

Ich hatte das Gespräch verfolgt und bei dem Ausdruck «arme Kleine» begriffen, daß sie von mir sprachen. Deshalb lief ich in mein Zimmer und holte meinen Schulranzen. Als meine Mutter mich weggehen sah, sagte sie: «Sehen Sie? Sie haben ihr einen Schreck eingejagt.»

Ich kam wieder in den Flur und streckte die Hand nach der Signora Russo aus.

Meiner Mutter stand die Traurigkeit über ihr Versagen auf die Stirn geschrieben, aber innerlich bereitete sie sich auf die Revanche vor.

Wir liefen hinunter, und Katia und ich machten zwanzig Minuten lang am Feuer unsere Hausaufgaben.

Mein Vater und meine Mutter diskutierten zwanzig Minuten lang über die Zweckmäßigkeit meines Verhaltens. Als meine Mutter «Russo» sagte, schaute mein Vater sie entsetzt wie eine Fremde an und verbesserte sie: «*Rousseau*, meine Liebe, das heißt Rousseau.»

Die Stunde war gekommen, keiner rührte sich mehr, und die Signora Russo legte den Arm um mich.

Um uns herum war es totenstill. Dann knirschte die Erde, und die Häuser bebten ein wenig. Wir schwankten, obwohl wir uns nicht bewegten.

Entsetzt rannten meine Eltern in Birkenstocksandalen und Jeans aus dem Haus.

Lee Salk hat weitergeschrieben.

Und meine Eltern haben weiter seine Bücher gekauft. Auf der Waschmaschine sammelten sich alle Bände der Reihe «Kinder sind gar nicht so schwierig, wenn ihre Eltern wissen, wie sie ihnen helfen können».

Wenn ich auf der Toilette saß, sah ich sie vor mir stehen und fragte mich, woher dieser Mann aus Amerika, ohne mich je gesehen zu haben, wissen wollte, wie mir meine Eltern helfen könnten. Heute würde ich ihn darum bitten, die Reihe fortzusetzen und mir zu verraten, wie mir mein Freund, mein Arbeitgeber und weiterhin meine Eltern helfen könnten.
Damals war meine einzige Waffe die Verstopfung.
Trotzdem betrachtete ich diese Bücher voller Vertrauen und glaubte, daß ich sofort so denken und handeln würde, wie es dort geschrieben stand, wenn ich den Mut aufgebracht hätte, darin zu lesen. Ich hätte die Erwartungen der anderen an mich gern besser erfüllt und versuchte, meine Techniken zu perfektionieren, aber es war ein unmenschlicher Kampf.
«Schwitz nicht so!»
Ich konzentrierte mich mit aller Kraft darauf, die Aktivität meiner Poren und Drüsen zu drosseln, und schluckte nicht, schwitzte aber trotzdem.
In der fünften Klasse wurde mir zwischen dem Aufsatz und dem Mathematiktest schlecht.
«Frau Lehrerin, mir ist übel, ich muß mich übergeben.»
«Ach was! Du bist einfach nur nervös.»
«Nein, Frau Lehrerin, ich muß spucken.»
«Das bildest du dir bloß ein. Du bist angespannt, und da ist das normal, aber du bist doch gut! Wenn du erst mal den Test hinter dir hast, wird's dir gleich bessergehen.»
Das mußte stimmen, denn es war eine logische Erklärung, und außerdem war ich wirklich eine gute Schülerin – aber eben eine, die sich übergeben mußte. Ich spürte, wie mir die Milch in Form von Quark hochkam.

Deshalb konzentrierte ich mich auf die Dreisatzaufgabe, aber als ich las, daß der Bauer sechs Eier braucht, um Pudding zu machen, schaute ich verzweifelt zur Hausmeisterin, die die Klassenzimmertür überwachte. Als sie sah, wie blaß ich war, rief sie die Lehrerin.
«Frau Lehrerin, mir ist schlecht, ich muß spucken.»
«Nein», sagte die und blies mir den ganzen Zigarettenrauch ins Gesicht, «geh zurück an deinen Platz und lös die Aufgabe, dann wird's schon wieder.»
Ich schaute sie an, ohne sie wahrzunehmen, und merkte, wie sich mein Magen zusammenzog, wie die gegorene Milch meine Speiseröhre hinaufstieg und sich dann über das Pult, das Klassenbuch, den Fußboden und die Bank der Zwillinge ergoß. Nachdem ich mir den Mund ausgespült hatte, löste ich die Eieraufgabe auch für Katia.

Die Hausmeisterinnen retteten mir das Leben. Sie verkauften überteuerte Brötchen, schlurften schlampig umher, aber wie sie auf ihrem Elektrokocher Kaffee machten, faszinierte mich mehr als jede Unterrichtsstunde. Ich war gut in der Schule, aber nur aus Trägheit – der Antrieb kam von meinen Eltern, und ich nutzte das, was übrigblieb. Ich hatte es nicht nötig, daß die Hausmeisterinnen mir mein Brötchen mit der Übersetzung spickten, sondern wollte bei ihnen durchatmen.
Über die Menstruation wußte ich schon Jahre, bevor ich sie bekam, alles. Meine Klassenkameradinnen hatten bereits Busen, und ich zügelte meinen Neid, indem ich mir sagte, daß dieser Überfluß nicht ihr Verdienst war, sondern höch-

14 stens der des Östrogens. Ich wußte, daß sich vierzehn Tage nach dem Eisprung die Gebärmutterschleimhaut zersetzt und man seine Tage bekommt.

Aber ich wußte nicht, daß es weh tut. Ich wußte nicht, daß man weinen muß. Eine Hausmeisterin bemerkte meine Bestürzung über die Veränderung und steckte mir eine Binde zu.

Dann wies sie mich in die Geheimnisse des Gewerbes ein.

«Faß keine Pflanze an, die sterben sonst.»

«Du darfst nicht im Meer baden, sonst stirbst du», und so weiter.

Natürlich erzählte ich zu Hause nichts von all diesen tödlichen Gefahren. Meine Eltern nahmen die Neuigkeit zur Kenntnis und schlugen vor, den Hausarzt zu informieren. Mein Vater erklärte mir, daß Schmerzen eine gesellschaftliche Konditionierung sind.

Ich krümmte mich die ganze Nacht vor Schmerzen, an denen die Gesellschaft schuld war, die sich nicht um ihren eigenen Dreck kümmerte.

Die Signora Russo beglückwünschte mich, als sie davon erfuhr, und steckte mir einen wie eine Gitarrensaite gedrehten Draht zu.

«Sag das um Himmels willen nicht deiner Mutter. Der rostet, wenn du deine Tage hast, und bringt Glück. *Nenné, mo' te stà accorta* – ab jetzt mußt du aufpassen.»

Dieser Rat war sinnlos, denn ich hatte noch nicht genügend Busen, um mit jemandem zu schlafen. Aber der Draht oxydierte, sobald ich ihn berührte, und ich trage ihn immer noch bei mir.

«Archäologin.»
Jahrelang sagte ich, daß ich nach dem Abitur Archäologin werden wollte. Das erschien mir ein guter Kompromiß zwischen all den Erwartungen, die die anderen an mich stellten.
Aber stimmen tat es nicht – ich wollte Verkäuferin werden wie Katias Mutter.
Verkäuferin bei Upim, Teilzeit. Mein ganzes Leben lang.
Wir lernten gemeinsam Mathe, später angewandte Technik und dann auf dem Gymnasium Griechisch, und an allen ungeraden Tagen stand Katias Mutter irgendwann auf, um sich für die Arbeit fertigzumachen. Ich folgte ihr ins Bad, um ihr beim Schminken zuzuschauen, denn die Prozedur faszinierte mich.
Katia rief mich zurück zur Satzlogik, die für sie eine Eroberung und der Schlüssel zur Veränderung waren. Ich konnte auf diesen Seiten nichts Logisches finden, und das einzige, was ich in meinem Leben ändern wollte, war die Farbe meines Lidschattens. Und zwar jeden Tag.
Katias Mama schminkte sich und erzählte dabei von wunderschönen, puderleichten Dingen. Dinge, die nicht geschätzt wurden, weil sich die Welt auch ohne sie weiterdrehte.
Dinge, an die ich mich nicht mehr erinnere.
Statt dessen erinnere ich mich daran, daß das Prädikat des Subjekts nicht dasselbe ist wie das des Objekts, auch wenn es so aussieht.
Jedenfalls konnte man die Wirklichkeit auf verschiedenen Ebenen auseinandernehmen, während sich auf dem Gesicht

von Katias Mama alles vollkommen im Make-up zusammenfügte, ohne daß sie das wußte, in ihrem Wortstrudel, der Freundinnen, Kleider, Diäten und den Staubsauger mitriß.
Dann ging sie zur Arbeit, und wenn ich mir meine Zukunft vorstellte, dann immer nur so: Wie ich im Upim-Kittel die Regale entlangging.
«Archäologin», sagte ich zwar jedesmal, aber alles, was ich inventarisieren wollte, waren Seifen, Rasierschaum und Shampoos.
Ich hätte gern die Schuhe unter der Kasse ausgezogen, mit den Kunden geplaudert, vierzig Jahre lang jeden Tag dieselben Leute gesehen und mich abends über Rückenschmerzen, die neue Ware und die Hitze beschwert.
«Archäologin.»
Aber alle interessanten Dinge, die es auszugraben, freizulegen und zu entdecken galt, waren um mich herum.

«Es sind doch bloß drei Jahre, und du lernst Englisch – das kann dir später nützen. Da man in dieser Stadt entweder zur Camorra gehören, die richtigen Beziehungen haben oder Wahrsager im Fernsehen sein muß, verpassen wir hier wirklich nichts.»
Ich ging mit meinen Eltern ins Ausland und dachte, daß es mir leichter gefallen wäre, mich in einer dieser drei Kategorien zurechtzufinden als an der Londoner Uni. Mein eigentliches Problem war nicht, Italien zu verlassen, sondern die Stadt.
Die Signora Russo weinte drei Tage lang über das Ausmaß der Katastrophe.

«Das will mir einfach nicht in den Kopf», sagte meine Mutter, «es ist doch nicht für immer, was gibt es da zu weinen?»
Aber die Signora Russo und ich kannten kein Immer, sondern nur das Jetzt.
Jetzt würden wir uns erst einmal nicht mehr sehen.
«Mit dem Flugzeug ist man von London aus schneller hier als auf der Hauptpost.»
Da konnte ich auch Archäologin oder irgend etwas anderes werden. Ich entschied mich für Jura und machte das Examen, nachdem ich wenig und ohne großes Interesse studiert hatte. Aber es reichte. Ich tat, was man mir sagte, wie eine Marionette, die an Fäden hängt und mechanisch überallhin läuft. Alle meine Energien richteten sich derweil darauf, das Dort mit dem Hier zu verbinden, und es gelang mir, viel öfters ins Flugzeug zu steigen als auf die Hauptpost zu gehen. Was mir die ganze Zeit fehlte, war die tägliche Wiederholung der Gesten, die mir das Leben erträglicher machten.
Mein Studienbuch ist das einzige zuverlässige Zeugnis dieser Jahre und vielleicht das einzige wahrheitsgetreue Zeugnis meines Lebens überhaupt, denn obwohl alle wußten, daß ich gut war, hatte ich einen normalen Durchschnitt. Einen ganz normalen Durchschnitt.
Alles andere passierte innerhalb der geschlossenen Gesellschaft auf dem Campus. Dort spielte sich alles unter uns ab – viele Feste, viele Möglichkeiten, schwanger zu werden.
Wenn ich unsicher war, berührte ich die Gitarrensaite, die immer oxydierte. Ich ging nie zu den Versammlungen,

Lesungen und Konferenzen, deretwegen meine Eltern hergezogen waren. Statt dessen nutzte ich die Zeit, um zurück nach Italien zu fliegen, und sobald ich wieder in der Stadt war, führte ich mein Leben genau dort weiter, wo ich es Monate zuvor abgebrochen hatte.

Die Mittagspause in der Kanzlei, in der ich zu arbeiten begann, wurde zum Angriff auf den gutaussehenden Manager genutzt. Meine Kolleginnen vertieften so ihre sozialen Kontakte.

Ich ging mit den Sekretärinnen Mittag essen. Wenn Titti noch nicht fertig war, wartete ich auf sie und wrang in der Zwischenzeit den Scheuerlappen für sie aus.

In einem der Lokale, in dem wir aßen, und um ehrlich zu sein auch tranken, lernte ich Salvatore kennen. Er exportierte Lederwaren und Lederjacken aus seinem an Kalkutta erinnernden Stadtviertel nach England.

«Bist du verlobt?»

«Ich bin mit jemandem zusammen.»

«Jemand» war Carl, aber ich redete nie über ihn. Das war keine Frage des guten Geschmacks – es war mir peinlich.

Ich behielt für mich, daß Carl Dirigent und Deutscher und Jude war. Daß mein Vater und er sich auf englisch unterhielten, was für beide eine Fremdsprache war und obwohl Carl perfekt Italienisch konnte. Reine Wichtigtuerei.

Ich redete nie über ihn, weil Salvatore gemerkt hätte, daß ich mich mit Carl selbst belog. Weil auch ich es dann gemerkt hätte. Und weil ich ihm außerdem gern zuhörte. Aber worüber wir drei Monate lang jeden Tag in der Mittagspause geredet haben, daran erinnere ich mich nicht mehr.

Jedesmal, wenn Carl und ich ein Taxi ins Theater nahmen, schaute ich irgendwann aus dem Fenster und fragte mich, was Sal gerade machte. Ich stellte ihn mir in seinem Lastwagen auf der Autobahn vor, in einem Motel, in Kalkutta. Er kam mir authentisch und unkompliziert vor, während alles andere verschwommen war und sich ohne meinen Willen um mich herum abspielte.

Ich habe Sal nie gefragt, was er gemacht hat, während ich in all diese Taxis stieg. Und viele solcher Sachen frage ich nicht einmal heute.

«Vielleicht solltest du mal zum Psychologen gehen», sagte Carl.

«Vielleicht würde dir psychologische Unterstützung guttun», sagte mein Vater, «ich kenne da einen sehr guten.»

Es war einer mit vielen Veröffentlichungen. Ich machte einen Termin, ging in seine Praxis und dachte, daß es mir schwerfallen würde, auf englisch über mich selbst zu reden. Ich machte mir eine Menge unnötiger Gedanken.

Wie üblich ließ sich die Wirklichkeit auf verschiedenen Ebenen auseinandernehmen. Hier fügte sie sich auf einmal auf der Glatze des Psychologen zusammen: Er hatte sich eine lange schlangenartige Haarsträhne wie einen Dutt über den Kopf gelegt.

Dann nahm ich mir zehn Tage frei und flog zurück nach Italien. Ich sagte, ich würde bei Katia wohnen und dort zu einem Psychologen gehen.

Ich nahm viel mehr Sachen mit als nötig.
Am ersten Nachmittag in der Stadt schleppte ich Katia zu einer berühmten Wahrsagerin, die im Fernsehen mit einer Katze auf dem Arm auftrat.
«*Signurí*, die Karten sind normal. Jetzt wollen wir uns mal die Hand anschauen.»
Die Hand.
«*Signurí*, auch die Hand ist normal, Sie haben keine Probleme. Erfüllung in der Liebe. Genügend Geld. Verzeihung, aber Sie strotzen vor Gesundheit, *ma vuj'e, che jate truvanno* – was wollen Sie mehr?»
Das kostete mich mehr als die Psychoanalyse, und ich wurde wütend.
«Verdammt noch mal, wie kommt sie darauf, das Liebe zu nennen?»
«Was hast du denn erwartet? Was hätte sie dir sagen sollen? Du bist schon so verzweifelt, daß du einer Wahrsagerin glaubst.»
«Verdammt noch mal, wie kommt sie darauf, zu sagen, das sei normal?»
«Die wollte dich doch bloß beruhigen.»
«Macht man das so? Ich dachte, eine Wahrsagerin sagt dir die Zukunft voraus, Veränderungen und so?»
Danach habe ich Salvatore angerufen und ihn gebeten, mich abzuholen, weil ich mit ihm schlafen wollte.
Dann habe ich von Kalkutta aus meinem Arbeitgeber ein Telegramm mit meiner Kündigung geschickt und meiner Mutter einen Brief, in dem ich ihr erklärte, daß ich nicht einmal eine Minute lang zurückkommen konnte, weil ich sonst

den Mut verloren hätte. Mit Carl habe ich am Telefon Schluß gemacht.
Wir haben bei Salvatores Schwester und ihrem Mann gewohnt, denn Sal war nie auf die Idee gekommen, für sich allein eine Wohnung zu mieten, was letztendlich auch keiner für nötig hielt.
Meine Eltern waren anfangs entsetzt bei dem Gedanken an Kalkutta und die gemeinsame Wohnung, haben es aber dann als persönliche Freiheit interpretiert und sich beruhigt. Sie treffen sich weiter mit Carl.
Bukowski gibt mir von der Kommode aus recht, direkt auf amerikanisch.

Es gibt Hemden, die so bequem sind, daß man sie im Sommer gar nicht mehr ausziehen will.
Dieses hier zum Beispiel ist schon ganz verblichen und dünn, weil ich es jeden Tag anziehe und wasche, ich trage es und spüle es danach aus. Es folgt mir überallhin, und wenn ich es anhabe, gelingt mir alles.
Meine Eltern reisen mehr als früher – immer gibt es etwas Neues, das man unbedingt gesehen haben muß, bevor man stirbt. Deshalb kommen sie oft zu mir, bleiben ein paar Tage und reisen dann weiter.
Mir ist ein Mofa lieber als ein Flugzeug.
«Wir brauchen kein Auto, Salvatore, laß uns statt dessen ein schönes Mofa kaufen.»
Wie weit kommt man mit einem Mofa? Nachmittags in den Wald und abends ans Meer. Weiter weg will ich gar nicht – ich will hierbleiben und abwarten.

Ich will diejenige sein, die man vom Flughafen aus anruft, sobald man den Fuß auf den Boden gesetzt hat, diejenige, die man von der Autobahnausfahrt anruft. Diejenige, die den Hörer abnimmt und gesagt bekommt: In fünfzehn Minuten sind wir da.

Fünfzehn Minuten, in denen man Pasta kochen, das Wasser aus dem Kühlschrank nehmen und frische Hemden für die bereitlegen kann, die verschwitzt ankommen.

Sie sitzen an meinem Tisch und erzählen «mein Lebtag werde ich nicht vergessen», und ich höre zu, während der Espresso hochsteigt und ich den Tisch abräume. Im allgemeinen Durcheinander mache ich eine Bemerkung, die nichts verändert – eine Ergänzung, die nichts ergänzt. Das, was ich sage, nimmt bei keinem Platz im Gedächtnis weg. Hinterher erinnere nicht einmal ich selbst mich daran.

Manchmal rufen mich dann die Kopfschmerzen. Sie klopfen gnadenlos an meine Schläfen, bis ich antworte. Also stelle ich mich im Bad vor den Spiegel, während sich das Aspirin im Wein auflöst.

Der Schmerz hinter meinem rechten Auge schaut mich an und sagt: «Siehst du, daß du normal bist?»

Die Signora, die ich werden wollte

Hinkebein hatte mir schon immer gefallen. Er nannte mich Schmetterling, weil ich mich zierte und ihn abblitzen ließ. Als ich dann entschied, seine Geliebte zu werden, ließ ich ihn noch eine Weile am ausgestreckten Arm verhungern – er sollte sich nicht einbilden, ich sei leicht zu haben.

Seine Frau akzeptierte mich und ich sie. Im Endeffekt interessierte sie nur, daß er sein Eisenbahnergehalt bei ihr ablieferte und nachts nach Hause kam.

Das war alles, mehr verlangte sie nicht. Hinkebein aß bei mir, und ich wusch ihm die Hemden für die Arbeit. War sein Gehalt erst einmal bei Frau und Kindern, gab er den Rest mit mir aus.

Wir hatten mächtig Spaß, denn Hinkebein machte manchmal fünftausend pro Tag, wenn eine wichtige Ladung kam, oder es sprang eine Rolex oder eine Anlage für mich heraus – er kam nie mit leeren Händen. Oft fuhren wir nach Pozzuoli und schlugen uns den Bauch mit Fisch voll.

Hinkebein und Schmetterling.

«*Essa è cchiù bellella* – die ist viel zu schön für den» ... aber Hinkebein gefiel mir wirklich.

Ich weiß noch, wie ich morgens auf dem Weg zur Schule bei Mama vorbeiging, die mit den anderen Frauen an den Feuern auf der Straße stand und Schwarzmarktware verkaufte, und mich dort so lange aufwärmte, bis ich ihn aus der Gasse auftauchen sah. Er zog das rechte Bein nach.

Damals machte ich eine Ausbildung als Säuglingsschwester, drittes Lehrjahr. Danach war die Schule für mich vorbei. Mit meinen sechzehn Jahren hatte ich eine Figur, nach der sich jeder umdrehte.

Ein paar Lehrer versuchten es bei mir, aber Männer interessierten mich nicht – mich interessierten die Frauen. In unserem Gebäude waren noch andere Schulen untergebracht, und ich beobachtete die Gymnasiastinnen. Sie waren still und mager, hatten kaum Busen und trugen auf dem Mofa einen Helm. Im Bus lösten sie Fahrkarten.

Wenn Elternsprechtag war, ging die Tante einer Klassenkameradin aus dem Viertel für uns alle hin. Die Lehrerin hielt sich zurück – jede einzelne von uns wog mindestens zwanzig Kilo mehr als sie.

Währenddessen beobachtete ich die Mütter der anderen Mädchen. Sie wurden von ihren Ehemännern begleitet, trugen flache Schuhe und kaum Make-up. Die Lehrer und der Direktor überschlugen sich vor Komplimenten.

«Die da hat Kohle», war der Kommentar der Tante.

Ganz bestimmt hatte sie das, aber wir auch. Obwohl bei uns im Viertel viel Geld gemacht wurde, hätte uns nie jemand mit diesem sorgfältig ausgesprochenen «Signora» angesäuselt.

Nach drei Jahren gingen wir mit unserem Schein von der Schule ab, denn das Viertel war gnadenlos. Vor allem veränderte sich alles rasend schnell – das Geld schien auf der Straße zu liegen. Die ersten Satellitenantennen tauchten auf den mittelalterlichen Balkons auf, und unter den Bögen der Via Lopez, an denen seit ihrer Erbauung durch die

Spanier kein Handschlag mehr getan worden war, eröffnete ein Solarium. Die gelbe Hölle.
Ich ging nie auf die Sonnenbank. Die Signora, die ich werden wollte, hatte einen goldenen Teint und rieb sich am Strand mit Sonnenschutzcreme ein – während wir uns erst zufriedengaben, wenn wir nicht mal mehr den BH auf der krebsroten Haut ertrugen.

Als ich siebzehn war, entband eine Freundin von mir in der Ruesh-Klinik. Dort bekam man seine Kinder und empfing nur dann Besuch aus dem Viertel, wenn das Zimmer mindestens sechshundert pro Nacht kostete. Das Baby kam mit vier Kilo zur Welt und hatte ihr bei der Geburt alles aufgerissen. Meine Freundin hatte eine Fünfzehn-Stich-Naht und stillte, die Kleine hing an ihrer Brust und biß, daß ihrer Mutter die Tränen kamen.
«Die ist böse.»
«Nein», sagte der Arzt, «sie ist nicht böse, das ist einfach nur der Überlebenstrieb.»
Als ich an diesem Abend nach Hause ging, tat ich mich mit Hinkebein zusammen.
Er gefiel mir wirklich, aber ich nahm mehr, als ich gab. Das ist der Preis, wenn man mit fünfunddreißig eine Siebzehnjährige haben will. Ich hatte keinen Vater, und im Viertel mischte man sich nicht ein. Hinkebeins Frau wohnte hoch über der Straße und ließ sich nie blicken, während mich das ganze Viertel kannte. Alle nannten mich Schmetterling, so wie er.
Wenn ich die Tochter gewesen wäre, die ich hätte sein wol-

len, von der Signora, die ich werden wollte, hätte meine Mutter Hinkebein angezeigt und mich in ein ausländisches Internat gesteckt. Statt dessen sagte sie: «Schau zu, daß 'ne Wohnung dabei rausspringt.»

Daran hatte ich auch schon gedacht, und zum achtzehnten Geburtstag schenkte mir Hinkebein eine Wohnung.

«Da setzen wir Schwarze rein, das bringt jeden Monat eine hübsche Summe.»

Alle setzten Schwarze in ihre Wohnungen.

«Nein, ich will Studentinnen, die sind ordentlicher und zahlen mehr.»

Auf achtzig Quadratmeter paßten eine Menge Auswärtige.

Im Sommer gab mir Hinkebein einen Hunderter pro Tag, und ich fuhr mit meinen Schwestern an den Strand. Wenn er bei der Eisenbahn gestempelt hatte, kam er nach.

Eines Tages sahen wir einen Jungen aus dem Viertel auf seinem Mofa ankommen.

«Hinkebein läßt ausrichten, sie haben ihn in der Brust erwischt.»

Die Kugel war kurz vor der Lunge steckengeblieben.

Ein Dealer aus dem Viertel, der Principe, hatte ihn zu einem Arzt seines Vertrauens gebracht, der unterhalb der alten Klinik einen kleinen Raum mit ein paar Instrumenten und Medikamenten hatte, wo man ungestört blieb.

«Er ist außer Gefahr, aber die Kugel kann ich hier unten nicht rausholen – ohne Operationssaal. Die müssen wir drinlassen.»

Hinkebein war hart im Nehmen, und der Principe wollte keinen Ärger: «*M'o teng' ccà.* Die bleibt drin.»

Er behielt die Kugel in der Brust. Ich gab ihm einen Kuß und schickte den Jungen zu seiner Frau.
Als ich mich beim Principe bedankte, drehte er sich zu mir um: «Principessa, das hab ich nur für dich getan.»
Ich schaute ihm fest in die Augen und ging.
Vor dem Krankenhaus entdeckte ich den Mann der Signora, die ich werden wollte. Er begleitete einen Arzt, den er mit «Professor» ansprach, und erkundigte sich nach der Entbindung.
Also entband die Signora, die ich werden wollte, nicht in einer Privatklinik, sondern im Krankenhaus.
Irgendwo gab es da offensichtlich ein Mißverständnis übers Geldausgeben, aber ich verstand nicht genau, wo.
Hinkebein ließ sich zu Hause von seiner Frau pflegen. Als das Viertel von der Kugel in seiner Brust Wind bekam, taufte man ihn in Highlander um. Ich besuchte ihn jeden Tag und schenkte ihm einen Gameboy, weil er nicht untätig im Bett herumliegen konnte.
Im Winter fing er wieder an zu arbeiten und schenkte mir einen Roberto-Cavalli-Mantel. Das war der richtige Designer für uns: Teure Klamotten, für die in den Zeitschriften viel geworben wurde, und dieser Leopardenlook war genau das, was man im Viertel elegant fand.
Aber ich fühlte mich damit weder geheimnisvoll noch aufreizend, sondern nuttig. Die Signora, die ich werden wollte, trug cremefarbene Kleider von Marella.
Es war an der Zeit, mit Highlander Schluß zu machen, und das tat ich, als er im Gefängnis landete.
«Ich verlasse deinen Mann, gib mir deinen Ausweis, damit ich zu ihm kann, um es ihm zu sagen.»

Während der Ausweis gefälscht wurde, schickte ich dem Principe von der Bar aus einen Kaffee.

Der Principe. Der war ein Dealer wie jeder andere, bis er das erste Abendmode-Geschäft aufgemacht hatte, dann noch eins in der Nähe des Museo Nazionale und schließlich eins gegenüber vom Dom.

«In der ganzen Stadt hat nur Barbaro so ein Geschäft wie ich.»

Ich hatte ihn nie für einen dicken Fisch gehalten, aber als Außenseiter hatte er sich hochgearbeitet, eine Menge Geld gemacht, und man respektierte ihn.

Sein Lieblingsgeschäft war das gegenüber vom Dom. Als ich dorthin ging, um mich für die Rosen zu bedanken, stand er auf der Schwelle und unterhielt sich mit dem Bischof.

«Principessa», sagte er, «wie wär's mit einem Aperitif?»

Dann sah ich ihn in den Laden stürzen.

«Ich zieh mir nur noch das Jackett an.»

«Ach was, Principe, *nun facimm' cose complicate*, das braucht's doch nicht.»

Im Jackett sah er richtig gut aus. Mit ihm zusammen durch die Stadt zu gehen gefiel mir sofort. Ich war fast so groß wie er, und wenn ich mich zu ihm umdrehte, sah ich, wie sich sein rotblonder Bart hinter dem weißen Hemdkragen verbarg.

Der Principe war vierzig Jahre alt und hatte eine Tochter in meinem Alter. Inzwischen hatte er seine Finger überall im Spiel und genoß das Leben. Das konnte ich auch, wenn ich jetzt nichts falsch machte.

Er war wirklich aufgeregt, als er mir sein Schmuckstück

zeigte, einen gelben BMW Z3. Der war wunderschön, aber wenn er geglaubt hatte, mich mit einem Auto beeindrucken zu können, hatte er sich getäuscht: «Hübsche Farbe», sagte ich.

Er legte sich mächtig ins Zeug und machte mir Komplimente – erst auf italienisch und dann, als er sich verhaspelte, in Dialekt.

Ich hatte ihn fest im Griff. Das merkten alle, auch seine Frau. Die war daran gewöhnt, daß er sie betrog, aber niemand war je seine Principessa gewesen, nicht einmal sie.

Eines Tages hielt ihr Auto neben mir – ein schönes Auto.

«Hör mal, willst du mich fertigmachen? Ich könnte deine Mutter sein.»

«So was macht dich schon fertig? Der reicht doch für uns beide.»

«Aber ich hänge an ihm.»

«Offensichtlich kannst du ihn aber nicht halten, oder glaubst du, ich bin die erste?»

«Verlassen wollte er mich noch nie.»

Ich schaute ihr fest in die Augen. Es brachte mir nichts, wenn er seine Frau verließ, ich hatte kein Interesse daran, sein Leben zu verändern, jedenfalls nicht für immer.

Aber er hatte eine Vierzimmerwohnung in Posillipo für uns gekauft, und ich hatte vor, dort einige Jahre lang für ihn zu kochen.

Als ich ihr gerade zu etwas Geduld raten wollte, wurde ich abgelenkt, denn in dem Moment stieg hinter ihr eine Signora aus dem Taxi und ging zu Marella.

«Ist mir doch scheißegal», sagte ich und sah sie nie wieder.

Mit dem Principe bewegte ich mich schon auf einem ganz anderen Niveau. Die Nachbarn waren ruhig und zuvorkommend. Ein paar waren so wie wir, was man an den Goldkettchen sah und daran, wie sie mit offenem Mund Kaugummi kauten oder aber die Lippen krampfhaft zusammenpreßten – in Posillipo mußten sich solche wie wir zu sehr zusammennehmen.

Dann gab es dort Leute wie den Notar, der uns die Wohnung verkauft hatte: Radiologen, Apotheker, Steuerberater, und deren Geld war mehr wert als unseres, obwohl wir doppelt soviel hatten. Außer ihrem vielsagenden Lächeln waren da noch die Privatclubs, die leider gerade niemanden mehr aufnahmen.

Als wir eines Abends eine Fernsehserie sahen, fiel mir auf, daß die Frauen dort genau wie die Signora waren, die ich werden wollte. Mir war nicht klar, ob die Frauen im richtigen Leben das Fernsehen nachmachten oder umgekehrt, aber jedenfalls ähnelten die Signoras in unserem Haus den Schauspielerinnen. Deshalb achtete ich nicht mehr auf die Handlung, sondern beobachtete sie.

«Sag mal, was hat die, was ich nicht habe?»

«Du bist hübscher, Principessa.»

«*E jamm'* – komm schon. Ihr Look, was ist anders als bei mir?»

«Das Handy – morgen hol ich dir auch eins.»

Von dem Moment an war ich in einem anderen Film, und das blieb für den Rest unserer Beziehung so. Wenn die Hauptdarstellerin in ein Zimmer ging, wo mit Drogen gehandelt wurde, wurde der Principe nervös.

«Also, 'nem Typen mit so 'ner Fresse – *ccu' cchesta faccia* – würd ich nicht mal 'n Gramm geben – der fliegt doch sofort auf.»

Plötzlich war mir klar: Sie sprachen Italienisch. Alle sprachen den ganzen Film hindurch nur Italienisch. Ohne zu fluchen und so natürlich und ungezwungen, daß ich sie mühelos verstand. Wurde ein Witz in Dialekt gerissen, kam der von einem Kellner oder Automechaniker, um die Signori zum Lachen zu bringen.

Tags darauf ging ich zu den Studentinnen, meinen Untermieterinnen. Obwohl ich kaum älter war als sie, kam ich mir vor wie ihre Mutter. Ich sprach mit der, die am längsten bei mir wohnte und immer noch zweihundertfünfzig zahlte, eine Art Festpreis.

Wir kamen überein, daß ich an einer Privatschule in zwei Jahren das Abitur nachmachen würde, sie keine Miete mehr zahlte und mir dafür Unterricht gab. Mit dreiundzwanzig war meine Sprache noch zu retten.

Die Mädchen rieten mir, viel zu lesen. Eine Studentin lieh mir ein paar Bestseller, und der erste war der von Susanna Tamaro.

Ich fand das Buch absurd. Wenn ich dorthin gegangen wäre, wohin mein Herz mich trägt, hätte ich mich mit dreizehn im Lieferwagen von Totonno dem Lumpensammler schwängern lassen.

«Principessa, *si je capess' addò vvuò arrivà, je t'aiutass'*.»

«Sag das noch mal auf italienisch.»

«Wenn ich verstanden hätte, was du willst, helfe ich dir ...»

«Das erste Verb mußt du in die *eine* Zeit setzen, das zweite in die andere, das sind die schwierigsten Sätze.»

«Ich sag's dir, du bist die geborene Principessa, sobald du den Wisch von der Schule hast, mach ich dir ein Geschäft auf. Willst du ein Geschäft?»

«Aber bitte alles legal.»

«Wir nennen es ‹La Principessa di Napoli›.»

«Ich will ein Marella-Franchising und alles allein regeln – Lieferanten, Abrechnungen und so weiter.»

«Aber bei einem Franchising kannst du deinen Namen nicht drübersetzen.»

Ich eröffnete das Geschäft an einem strategisch günstigen Punkt auf der anderen Seite des Viertels. Um die Ecke begann die offizielle Einkaufsstraße. Ich hatte zwei Schaufenster zur Straße und ein Fenster auf der ersten Etage. Hinter diesem Fenster war ich.

Einrichtung und Ware wurden aus Mailand geliefert. Ich empfing alle mit einem aufgesetzten Lächeln, und ich ließ sie die Verkäuferinnen aussuchen. Nur eine Bedingung stellte ich: Sie durften nicht aus meinem Viertel kommen.

Die Verkäuferinnen gefälschte Arbeitsverträge unterschreiben zu lassen erwies sich als unnötiges Risiko: In Mailand wurde Schwarzarbeit «Ausbildung» genannt. Ich konnte alles legal laufen lassen.

Wir führten nur Größe 32 bis 40, und wenn eine Signora mit üppigeren Maßen den Laden betrat, dann bloß, um zu schauen, was aus mir geworden war. Im Viertel drehten sie die Frage mit dem Namen einfach um und nannten mich

Marella. Ich ließ mich nie blicken, weder auf der Straße noch im Geschäft, ich hatte zwei kleine Videokameras und beobachtete das ganze Geschehen am Monitor.

Wenn der Principe ins Geschäft kam, war mir das unbehaglich, und ich holte ihn schnell zu mir herauf, um das Ambiente nicht zu stören.

In dieser Zeit traf ich mich oft mit den Frauen aus meinem Fitneßstudio. Während ich mich abmühte, mit Aerobic meine aufreizenden Kurven loszuwerden, standen sie auf Hata Yoga und Massagen. Wenn wir nachmittags Tee trinken gingen, brachten sie manchmal die singhalesischen Babysitter und ihre wohlerzogenen Rotznasen mit, die mich siezten.

«Nicht doch, Schätzchen, Marella ist eine Freundin von Mama, die kannst du ruhig duzen.»

Instinktiv griff ich bei dem Wort «Freundin» nach dem Taschenmesser in meiner Handtasche, das mir Hinkebein geschenkt hatte.

Meine Besuche bei ihnen zu Hause beschränkte ich auf ein Minimum, denn jenseits des Wohnzimmers spielten sich unerwartete Dramen ab.

«Mama, du verdammte Nutte», schrien die lieben Kleinen in vollendetem Italienisch.

Die älteren Rotznasen verbarrikadierten sich in ihrem Zimmer, mit dem Telefon als Geisel.

Eines Tages fragte mich ein Mädchen, das sich seit Wochen nur von Crackern ernährte, ob ich Papas neue Freundin sei. Meine Ohrfeige warf sie aufs Parkett. Aber von da an war ich

ihre Vertraute, und die Kommunikation mit ihrer Mutter lief monatelang nur über mich.
Ich beschloß jedoch, daß mich das alles nichts anging. Die Signora, die ich werden wollte, stand mit einem Glas Prosecco im «Gambrinus».

Eines Morgens kam die Frau des Senators zu mir ins Geschäft. Sie wollte einen Mantel kaufen.
Diese Frau kannte ich von ihren Wahlkampfauftritten in unserem Viertel. Sie hieß Anna wie meine Mutter. Solange ich denken konnte, schickte ihr meine Mutter jedes Jahr zum Namenstag ein Päckchen Kaffee.
«Du hast dich verändert», sagte sie.
Ich lächelte sie an. «Möchten Sie einen Kaffee?»
Aber sie wollte mich reden hören.
«Bist du noch mit dem Principe zusammen?»
Die Frage war seltsam, denn von der Frau des Senators über den Senator und den kleinsten Sekretär des Senators bis hin zum letzten Straßenkehrer des Viertels wußten alle, daß wir nicht mehr zusammen waren.
«Nein, aber er schickt mir jede Woche Rosen.»
Das wußten ebenfalls alle.
Sie suchte einen Mantel aus, ließ ihn sich nach Hause schikken und tätschelte dann meine Wange.
«Grüß deine Mutter von mir.»
Vier Tage lang haßte ich die Frau des Senators. Dann tauchte der Senator persönlich auf.
Er kam gegen Ladenschluß, mit einem Schönling, der jünger war als er.

Ich ging die Treppe hinunter, schickte die Mädchen fort und blieb dann auf der dritten Stufe stehen, um das richtige Machtverhältnis zu etablieren.
«Guten Abend», sagte er und beugte sich über meine Hand.
Ich zog sie weg. «Man küßt nur Priestern und Mafiosi die Hand, zu welcher Kategorie zählen Sie mich?»
«Auch einer Signora küßt man die Hand.»
«Ich bin nicht verheiratet.»
Nicht zu wissen, worum es ging, paßte mir nicht.
Außerdem hatte ich keine Waffen mehr: Den Principe und seine Jungs hatte ich weggeschickt, und Hinkebeins Taschenmesser benutzte ich als Schlüsselanhänger. Die Zeit von Lack und Leder und ausgefahrenen Krallen war vorbei. Auch die, in der ich ihm meinen Dialekt ins Gesicht gespuckt hätte.
«Ich würde Ihnen gern einen guten Freund vorstellen, einen Rechtsanwalt.»
Ich gab ihm die Hand und schaute ihm dabei fest in die Augen. Mehr war mir nicht geblieben.
«Ich wage nur, Ihnen die Hand zu schütteln, auch wenn Sie weitaus mehr verdient hätten.»
«Setzen Sie sich doch.»
«Der Senator und ich sind hier, um Sie um Rat und, wenn möglich, um Hilfe zu bitten.»
Sie wollten, daß ich ihnen einen Gefallen täte, aber da ich keinen Schimmer von Politik hatte, hatte ich immer brav die gewählt, die Amnestien und Straferlaß gewährten.
«Im April sind Wahlen.»

«Die haben Sie doch bisher immer gewonnen, Herr Senator.»
«Ja, aber diesmal ist die Lage anders. Es geht gar nicht so sehr um die Politik, sondern um die Verwaltung – die reinste Katastrophe: Die Opposition ist dort schon seit acht Jahren an der Macht.»

Ich brauchte eine halbe Stunde meines Lebens, um die Studentinnen höchstpersönlich rauszuschmeißen.
«Ohne Vorankündigung?»
«Hättest du ein Telegramm gewollt?»
«Kannst du uns nicht wenigstens bis nach Weihnachten Zeit lassen?»
Ich dachte darüber nach: Den Raum für den Wahlausschuß brauchte ich zwar sofort, aber vor Januar würden sie mir sowieso nicht den Boden neu fliesen.
Ich wollte schon frohe Weihnachten wünschen und mich verabschieden, als die blöde Kuh zu weit ging: «Ich hab dir doch immer meine Bücher geliehen ...»
Da sah ich mich plötzlich wieder eingeschüchtert mit einem Stapel gebundener Bücher in der Hand.
«RAUS!» schrie ich und warf eine Schublade voller Unterhosen auf den Boden. «Ksch, ksch!!»
Der Rechtsanwalt stand im Stadtrat zur Wiederwahl und war der Kronprinz des Senators. Ihm war es wichtig, sauber zu bleiben. Wenn er einen Mafiaboß verteidigte, dann nur im Auftrag seiner Kanzlei. Gemeinsam richteten wir ein kleines Rauchzimmer ein, in das sich die Männer zur Besprechung heikler Fragen zurückziehen konnten. Hier ver-

teilte der Principe grammweise seinen Beitrag zum guten Zweck.

Eigentlich hätte ich nun jeden Abend feiern können. Ich war die Primadonna und sie meine Gäste – sie waren alle meine vermeintlichen Liebhaber.

Statt dessen holte ich zum entscheidenden Schlag aus.

Ich lud den Rechtsanwalt zum Mittagessen ein und überreichte ihm die Wohnungsschlüssel: «Ich glaube, bei dir sind sie besser aufgehoben als bei jedem anderen.»

«So gefügig kenne ich dich gar nicht.»

«Du kennst mich überhaupt nicht. Aber das läßt sich ändern.»

«Heute abend?»

«Wenn es dir die Parteiarbeit erlaubt. Ich kann warten.»

Im Wahlausschuß ließ ich mich selten blicken und fuhr spätestens um elf Uhr abends mit dem Taxi nach Hause. Ich trug nur gedeckte Farben, den ganzen Januar lang meine Haare zum Chignon gesteckt und schminkte mich so lange, bis ich aussah, als ließe ich nur Wasser und Seife an meine Haut. Der Senator beobachtete mich. Als ich einmal seinem Blick begegnete, war es der Blick von jemandem, der verstanden hat und gutheißt. Auf seine Art trug auch er einen Chignon.

Der Rechtsanwalt versuchte dreimal, mich ins Bett zu kriegen. Weil es sinnlos war, die Heilige zu spielen, tat ich so, als sei es mit ihm für mich etwas ganz Besonderes.

«Diesmal ist es anders», sagte ich, «verzeih mir.»

Beim vierten Mal gab ich nach einem Abendessen in meiner

Wohnung nach. Seit Ewigkeiten hatte ich niemandem mehr so einen geblasen.

Wir beschlossen, nach der Wahl zu heiraten. Dann wollte ich einen Geschäftsführer für den Laden finden, die Wohnungen vermieten und mich ganz meinen Pflichten als Ehefrau widmen. Seine Karriere würde viele Reisen erfordern und häufige Aufenthalte in Rom, und dafür mußte ich mir die Zeit freihalten.

Im Wahlausschuß wurde ein kleines Fest gegeben und so lange angestoßen, bis wir betrunken waren.

Aber vielleicht hatte ich mich verrechnet. Ich war an Blitzaktionen gewöhnt und hatte gedacht, daß es reicht, wenn sich ein Mann und eine Frau zur Heirat entschließen; ich hatte nicht daran gedacht, daß ich erst einmal seine Freunde, seinen Namen und seine Mutter würde heiraten müssen. Seine Familie wollte mich nicht kennenlernen. Sie hatten Informationen eingeholt, und meine Vergangenheit – mein einziger Antrieb – war zum einzigen Hindernis geworden. Da er richtig verliebt war, war ihm das peinlich, und wir sprachen nicht darüber. Wenn ich darauf anspielte, sagte er: «Das ist doch egal.»

Konnte ich einem fünfunddreißigjährigen Kokainjunkie trauen, der noch bei Mama wohnte?

In der Zwischenzeit rückte die Wahl immer näher. Wenn alles glatt lief, würde er neuen Auftrieb und Schwung bekommen – und starke Männer glauben, auf alles verzichten zu können.

Wäre ich noch die von einst gewesen, hätte ich die Gefahr

wie ein Tier gewittert, die Muskeln angespannt und mich in einen blinden Aktionismus gestürzt, der entweder zu Sieg oder Niederlage führt.
Jetzt aber gingen mir verschiedene Möglichkeiten durch den Kopf, und mich interessierte der Lösungsweg. Ich spürte, daß hier etwas Neues, Grundlegendes für die Frau entschieden wurde, die ich sein wollte.
Ich hätte natürlich Bonbons statt der Pille schlucken können.
Statt dessen setzte ich mich hin und wartete ab.

Zweiundsiebzig Stunden vor Ende des Wahlkampfs zog ich eine Lederhose an, setzte eine dunkle Sonnenbrille auf, rief den Senator auf dem Handy an und verabredete mich mit ihm in meinem Viertel.
«Steig ein», sagte ich und öffnete ihm von innen die Autotür, «laß uns ein wenig reden.»
Ich bog in das Stadtviertel Stella ein, fuhr durch die Via Santa Maria Antesaecula hoch zur Sternwarte von Capodimonte. Dort hielt ich an. Er kannte weder die Straßen noch die Leute.
«Steig aus, Senator.»
Wir gingen fünfzig Meter durch das Gestrüpp voller Plastiktüten, Flaschen und Spritzen. Unter uns lag die Stadt – die ganze Stadt bis hinab zum Meer. Ich dachte an Totonno den Lumpensammler.
«Senator, es ist doch so: Du kaufst dir für einen Hunderter Stimmen. Deine Leute stehen sogar noch an den Urnen und sagen, wer gewählt werden muß. Die Wahlscheine werden

von deinen Wahlhelfern abgestempelt. Das ist alles, was ich von Politik verstehe – das, was du mir dreißig Jahre lang beigebracht hast, nicht wahr? Aber vielleicht haben wir das in diesem Fall gar nicht nötig, nicht wahr? Und warum nicht?»

Er schaute nach Capri hinüber.

«Nicht weil wir anders geworden sind, Senator, sondern weil ich glaube, daß wir zu einem wirklichen Konsens gekommen sind.»

Am Tag vor der Wahl schickte der Senator einen Wagen, um meine Mutter abzuholen.

«Du gehst in Schwarz», hatte ich ihr gesagt, «denn du bist Witwe. Und rede nicht zuviel.»

Mit ihren sechzig Jahren fühlte sich meine Mutter weder alt noch als Witwe, aber sie war intelligent genug, um zu wissen, wie sie aufzutreten hatte. Als alte Witwe konnte sie sich den Kommentar nicht verkneifen: «Die stecken wir locker in die Tasche.»

Ich schaute sie schief an. Sie in die Tasche zu stecken klang wie der Name einer Aktion, die ich gar nicht benennen wollte.

Wir kamen nacheinander bei meinen zukünftigen Schwiegereltern an: erst der Senator und meine Mutter, dann ich mit der Frau des Senators und zum Schluß die Torte von «Scaturchio». Mein Verlobter war überglücklich, und nachdem meine Mutter ihn mit einem Kreuzzeichen gesegnet hatte, «mein Sohn», hielt die Frau des Senators den ganzen Nachmittag über ihre Hände.

Der Senator redete die gesamte Zeit, die meine Schwiegermutter brauchte, um mich in Augenschein zu nehmen. Dann hob er das Glas und sprach einen schönen Toast.
Er wollte sich persönlich um alles kümmern: Das Ja-Wort konnten wir uns zwischen dem ersten Wahlgang und der Stichwahl geben – mit ihm als meinem Trauzeugen. Jetzt mußte bloß noch der Rechtsanwalt einen Zeugen finden.
Als er mich später nach Hause brachte, trieben wir es im Auto miteinander. Der nächste Tag wurde ein Triumph: Der Senator schaffte es nach Rom und mein Verlobter beim ersten Wahlgang in den Stadtrat. Als wir zum Rathaus fuhren, um uns das Ja-Wort zu geben, verbeugte sich ein Verkehrspolizist beinahe vor uns. Später mußte ein Fest vorbereitet werden, denn der Ministerpräsident sollte in die Stadt kommen, um den Bürgermeisterkandidaten seiner Partei bei der Stichwahl zu unterstützen. Aber uns kümmerte das inzwischen wenig. Als ich aus dem Rathaus trat, sah ich vor mir die Pinien, zwischen den Pinien den Hafen und dahinter den Vesuv.
In diesem Augenblick reichte mir mein Schwiegervater den Arm und säuselte: «Signora.»

Vierzig Punkte

1.

Als Vera am einunddreißigsten August um siebzehn Uhr fünfundzwanzig aufwachte, erinnerte sie sich daran, was sie geträumt hatte. Es war der Traum von dem Reiher. Seit einem Monat waren sie nun auf dem Campingplatz, und sie hatte schon fünfmal von ihm geträumt, aber das war das erste Mal, daß sie sich daran erinnerte.

Der Reiher, den sie als Dreizehnjährige zum ersten und einzigen Mal gesehen hatte, wurde in ihrem Traum riesengroß, und sein Bild verzerrte sich. Mühsam schlug er mit den Flügeln, schaffte es aber nie, sich in die Luft zu schwingen.

Mit offenen Augen blieb sie auf der Seite liegen. Während sie die Fliegen draußen vor dem Fliegengitter beobachtete, merkte sie, daß es ein schlimmer Traum gewesen war, ein Traum, der ihr weh tat. Deshalb zählte sie die Fliegen und rechnete in Gedanken aus, wie lange es dauern würde, alle Sachen in die Koffer zu packen. Zahlen fielen ihr leicht und entspannten sie. Wenn ihr das vor zwanzig Jahren klar gewesen wäre, hätte sie Mathematik studiert. Aber das war es nicht, und so hatte sie ihren Mann geheiratet.

Jetzt lag er neben ihr: ein Mann, der ohne zu schnarchen laut war. Als sie am Nachmittag Sex miteinander gehabt hatten, hatte Vera irgendwann ihr Bein betrachtet und war abgelenkt gewesen. Sie hatte einfach an etwas anderes gedacht.

Vera machte sich gerade in der Kochnische auf der Veranda des Bungalows einen Kaffee, als sie ihren Sohn zwischen den Pinien hindurchkommen sah. Kein Zweifel, sie kannte ihn nicht, er gehörte ihr nicht und hatte ihr auch nie gehört. Sie liebte ihre Kinder, weil diese Distanz Liebe genannt wurde.

«Ich geh duschen, Ma.»

Wenn sie nicht immer noch über den Traum nachgedacht hätte, hätte sie ihn ermahnt, nicht den ganzen Sand ins Bad zu tragen.

Den Reiher hatte sie auf einem Schulausflug gesehen, und zwölf Stunden später hatte sie zum ersten Mal ihre Tage bekommen.

Als er davongeflogen war, hatte er einen rosafarbenen Streifen hinter sich her durch die Luft gezogen.

Danach hatte sie zehn Jahre lang von diesem Reiher geträumt, und immer hatte er sich wie damals auf einmal in die Luft geschwungen und war verschwunden.

Seit sie mit Giulia schwanger gewesen war, hatte sie nicht mehr von ihm geträumt. Jetzt war sie vierzig, und in diesen Ferien tauchte er plötzlich wieder auf.

Vera sah, wie ihre Tochter erwachsen wurde. Es fiel ihr leichter, über Giulia als über sich selbst nachzudenken. Sie war die Mutter eines sechzehnjährigen Mädchens, ohne zu wissen, wie sie dazu gekommen war, sie wunderte sich immer noch darüber, wie damals, vor sechzehn Jahren.

Sie stellte die Tasse weg und griff nach den Karten. Um achtzehn Uhr dreißig hatten sie sich zum letzten Spiel in diesen Ferien verabredet, sie mischte, deckte vierunddreißig Karten auf und merkte sich die, die fehlten.

«Was hast du?» fragte ihr Mann, packte sie am Knöchel und legte ihren Fuß in seinen Schoß.
«Ich habe schlecht geträumt.»
«He, Giulia! Deine Mutter hat schlecht geträumt, paß auf, heute verliert sie!»
Vera lachte. Seit zehn Jahren gewann sie jedes Jahr dreißig Tage lang. Giulia war damals sechs gewesen, Luca drei, und sie hatten an jenem Tag sechsundzwanzig Ameisen dabei beobachtet, wie sie hintereinander zu ihrem Ameisenhaufen liefen.
«Mama», hatte Luca gefragt, «wo gehen die jetzt hin?»
«Schlafen», hatte sie geantwortet. Wenn sie nachgedacht hätte, hätte sie sich eine bessere Geschichte ausdenken können. Aber sie hatte nicht nachgedacht.

Die nächsten fünfundvierzig Minuten verbrachte sie im Bad. Sie wischte den Fußboden, der naß war, nachdem Luca geduscht hatte, hob die schmutzige Wäsche auf und zog sich dann aus.
Sie schnitt sich die Nägel, die, ohne daß sie darüber nachdenken mußte, zwei Millimeter pro Woche wuchsen, cremte sich den ganzen Körper mit Kokosöl ein und trocknete sich gerade so viel ab, daß die Haut noch glänzte.
Dann steckte sie die Haare hoch, zog einen schönen Bikini an, den sie am Strand nie hätte tragen können, und band sich einen Pareo um. Das dauerte fünfzehn Minuten. Danach setzte sie sich auf die Toilette und blieb dort eine halbe Stunde lang sitzen.
Sie betrachtete jede einzelne Fliese.

Während sie die Stimmen von Sandra und Dario hörte, die zum Kartenspielen kamen, machte sie Pipi, und ein paar vereinzelte Blutflecken erinnerten sie an ihre vorzeitigen Wechseljahre.
«Sie sind nicht schwanger», hatte ihr der Arzt gesagt, «bei Ihnen beginnen die Wechseljahre einfach viel früher als im Durchschnitt.»
«Um so besser», hatte sie geantwortet.
Mühsam stand sie auf und spürte das Gewicht des Reihers in den Beinen. Deshalb beschloß sie, nicht weiter an den Traum zu denken, und drückte die Spülung.

Weil Dario sich am Nachmittag im Bad befriedigt hatte, während er an Vera dachte, schaute er ihr jetzt mit der Vertraulichkeit eines Liebhabers beim Kartenmischen zu. Ihr Mann ebenso.
Giulia saß daneben, es war das letzte Spiel in diesen Ferien. Nach drei Runden war sich ihre Mutter sicher, daß sie ihre vierzig Punkte zusammenhatte, und zwinkerte ihr zu. Giulia lachte, und alle am Tisch wurden nervös.
Vera schloß den Fächer aus Karten und betrachtete ihre Hände. Seit Jahren lackierte sie sich nicht mehr die Nägel, sondern polierte sie bloß noch. Als sie zum ersten Mal Nagellack benutzt hatte, hatte ihre Mutter ihr eine Ohrfeige gegeben. Wenn sie damals daran gedacht hätte, hätte sie sie fragen können, ob sie sie liebhatte. Aber sie hatte nicht daran gedacht. Die Antwort wäre sowieso gewesen: Natürlich! Diese Ohrfeige wurde Liebe genannt.
In Gedanken ging sie die Karten im Stapel durch: Keine, die

sie als nächstes ziehen könnte, würde sie wirklich überraschen – nichts überraschte sie mehr, als mit vierzig Jahren an diesem Tisch neben ihrem Mann zu sitzen, zwei Kinder zu haben und von einem Reiher zu träumen. Während die anderen anfingen, ihre Karten auszulegen, zu ziehen und zu tauschen, zündete sie sich eine Zigarette an. Sie ging ihre vierzig Punkte in Gedanken immer wieder durch, und als sie zu Ende geraucht hatte, legte sie alle zusammen aus, ein Jahr nach dem anderen.
Genau das hatten die drei erwartet, und ihr Mann küßte ihr die Hand. Dann fingen sie an, abzurechnen.
Vera drehte sich zu dem menschenleeren Campingplatz um und sah eine Zigeunerin. Gleich kommt sie hierher, dachte sie, und legt mir die Karten. Darin wird etwas über einen höheren Ruf des Schicksals stehen, den wird sie laut vorlesen. So kann ich dann aufstehen, und alle werden sich beeilen, mir den Koffer, den Hut und die Zigaretten in die Hand zu drücken, los, schnell, werden sie sagen.

An jenem Abend zählte Vera in der Spüle zweiundsiebzig Muscheln, die für das letzte Abendessen zu putzen waren.

2.

Ihr Mann zündete sich die erste Zigarette an, als am Nachbartisch nach der Rechnung gefragt wurde. Vera hörte zu, ohne sich umzudrehen: Es waren wahrscheinlich so ein paar Fünfzehnjährige, und um vierzehn Uhr zwanzig hatten sie ihre Pizzen bereits aufgegessen. Vierunddreißig Euro fünfzig. Ihr Mann merkte es nicht. Er war hereingekommen und hatte sich wie üblich in die Nähe des Fernsehers gesetzt. Der ohne Ton lief, man konnte also nur darauf starren. Er hatte bestellt, beide wußten sie schon, was – zweimal Calzone al forno, ein kleines Bier und ein Wasser. Dann die erste Zigarette.

Vierunddreißig Euro fünfzig – macht geteilt durch sechs fünf Euro fünfundsiebzig oder sechs Euro pro Person bei einem Euro fünfzig Trinkgeld. Aber vielleicht gibt man mit fünfzehn kein Trinkgeld.

Vielleicht stand von genau so einem Tisch gerade ihre Tochter Giulia auf.

«Am Samstag nach der Schule gehen wir mit denen aus der Fünften eine Pizza essen.»

«Läuft da was?» hatte Luca boshaft gefragt.

«Da braucht nichts zu laufen, was ist, Mama, darf ich?»

Sie durfte. Wenn Vera daran gedacht hätte, hätte sie sie nach denen aus der Fünften fragen können. Aber sie hatte nicht daran gedacht, und Giulia hing schon am Telefon.

«Mama, die aus der Fünften geben sich mit denen nicht ab, wenn da nichts läuft.»
Vera verstand nicht, warum Luca so darauf herumritt, bis er sagte: «Am Samstag nachmittag möchte ich mit Andrea Formel eins gucken. Seine Mutter hat gesagt, ich kann bei ihnen essen.»
Mit der Anspielung auf die vermeintlichen Flirtspiele seiner Schwester hatte er also von seinem eigenen Vorhaben ablenken wollen.
Und so hatte sie einen neuen Wochentag für sich gewonnen: einen Samstag, an dem sie ausgehen, essen gehen konnte. Die Kinder waren nicht da. Nicht nur das: Sie machten, was sie wollten, und deshalb machte auch Vera, was sie wollte. Vor dem Spiegel steckte sie sich die Haare hoch, damit man die Schultern sah, solange sie noch braun waren. Schließlich war es Ende September, man kam um vor Hitze, und wenn man nicht aufpaßte, klebten einem vor Schweiß die Kleider am Leib.
Ihr Mann schaute sie an und lächelte ihr zu, drückte seine Zigarette aus und schenkte sich Bier ein. Sie war schön, seine Frau, er konnte ihr unter dem Tisch an die Beine fassen, und pünktlich zur Formel eins wäre er wieder zu Hause.
Vera folgte der Hand ihres Mannes, die ihr linkes Knie streichelte, betrachtete dann ihre Füße auf der Holzstrebe des Stuhls und sah, wie ihre vollkommene Ruhe auf dem Boden unter ihren Füßen entlangglitt. Sie breitete sich auf dem Boden aus wie Tau auf den Wiesen und bewegte sich über die Fliesen auf den Ofen zu.

Die jungen Leute hatten die Summe auf einem Handy durch sechs geteilt, und jetzt fehlte Trinkgeld.
«Aber ich hab das mit dem Handy ausgerechnet!»
«Hör mal, Signorina, wie du das ausgerechnet hast, ist mir egal, aber es macht immer noch vierunddreißig Euro fünfzig.»
Vera drehte sich um: «Das sind fünf Euro fünfundsiebzig pro Person.»
Für die Jungen hatte eine neapolitanische Mutter mehr Autorität als die japanische Technologie, und sie griffen nach ihren Portemonnaies.
Der Kellner lächelte sie amüsiert an und starrte ihr unverhohlen auf die Beine.
Als die jungen Leute weg waren, redeten sie noch miteinander, bis Vera fand, daß ihr Stuhl zu stark wackelte, und sie aufstand, um ihn auszutauschen.
«Nein, Signora, das liegt nicht am Stuhl, sondern am Fußboden.»
Deshalb überließ ihr Mann ihr seinen Platz, der Kellner rückte ihr den Stuhl gerade, und Vera spürte – und der Kellner auch –, daß ihr das Kleid an den Oberschenkeln klebte.
Die Calzone kamen – exakt der halbe Durchmesser einer Pizza. Als ihr Mann mit der Papierserviette nach einer griff und hineinbiß, dachte Vera, daß sie sein Hemd gebügelt hatte, bevor sie gegangen waren, und daß ein Hemd zwanzig Minuten bügeln bei sechzig Grad bedeutete. Deshalb sagte sie: «Iß mit Messer und Gabel, sonst kleckerst du.»
Erst dreizehn Jahre war es her. Damals war Giulia drei und

Vera im siebten Monat schwanger gewesen, als sie ihre Liebe in eine Ehe verwandelt hatten.
«Iß mit Messer und Gabel», hatte sie zu ihrem Mann gesagt, «sonst kleckerst du.»
Und ihr Mann hatte diesen Satz als legitim empfunden, er hatte damals und ein für allemal in seiner Geliebten eine Mutter, eine Schwester und die Frau gesehen, die sein zweites Kind zur Welt bringen würde. Er hatte den Profiterole wieder auf den Teller gelegt und sich die Finger abgewischt. Wenn Vera nur daran gedacht hätte, hätte sie lächeln können. Aber sie hatte nicht daran gedacht.
Der Kellner ging weg, um sich Trost beim Kassierer und dem Pizzabäcker zu holen: Die Frau da machte ihn verrückt. Jetzt hatte sie sich eine Zigarette angezündet, und er konnte sie nicht mehr ansehen, fieberte aber darauf, ihr die Rechnung zu bringen. Als er sie schließlich ihrem Mann gab, fand er das Geld schon abgezählt auf dem Tisch, das Trinkgeld daneben.
Vera schaute aus dem Fenster auf die Straße, ihr Mann rauchte und starrte auf den Fernseher. Das, was an diesem Samstag anders war, war gleich vorbei.
Als sie gingen, nickte Vera dem Kellner zu und senkte dann sofort den Blick. Er fühlte sich ertappt, weil sein Atem schneller ging, und dachte, er habe sie in Verlegenheit gebracht.
Vera hingegen schaute zu, wie sich vollkommene Ruhe um ihre Schritte legte.

3.

Sie brauchte keinen Wecker, ihre innere Uhr weckte sie genau dann, wann sie wollte. Wenn sie nicht geweckt werden wollte, wachte sie rechtzeitig auf, um sich daran zu erinnern, was sie geträumt hatte.

Die anderen schliefen noch, während sie den ersten Kaffee trank. Dieser Moment gehörte ihr ganz allein, es war der Teil der Welt, der sich nur ihr offenbarte.

Wenn es draußen kalt war, stellte sie jetzt im Bad den Heizlüfter an. Dieses Jahr wollte ihr Mann ihr als Weihnachtsgeschenk eine Heizung einbauen lassen.

«Mama, mach schon!»

«Komm doch mal, sieh dir das an.»

«Auf der Stirn?»

«Die Falte – die war gestern noch nicht da.»

«Ja, ja, mach schon.»

«Ist die normal?»

«... tu dir Creme drauf und laß mich ins Bad.»

An diesem Morgen, der kein normaler Morgen war – der Himmel war grau, alle suchten chaotisch etwas zum Anziehen und ließen ihre Tassen ungespült stehen –, an diesem Morgen entdeckte Vera die neue Falte, die sich wie ein Fragezeichen von der Augenbraue über ihre Wange hinabzog.

Wenn sie daran gedacht hätte, hätte sie ihren Mann nach

einer Erklärung fragen können, weshalb gerade diese Form und warum ausgerechnet bei ihr. Aber sie dachte nicht daran, und ihr Mann ging zur Arbeit.

«Ich arbeite morgens nie, wir machen erst mittags auf, vorher ist nur der Pizzabäcker da, um den Ofen anzuheizen.»

«Dann komme ich um halb zehn vorbei.»

Der Heizlüfter verbrauchte viel, mit seinen zweitausend Watt dauerte es mindestens zehn Minuten, bis das kleine Fünf-Quadratmeter-Bad warm war.

Am Abend zuvor hatte sich Vera im Bad eingeschlossen, um sich zu epilieren. Ihr Mann war in der Bredouille: Sie hatte ihn darum gebeten, darauf zu achten, daß der Ofen nicht wärmer als zweihundert Grad würde. Aber er hatte nicht aufgepaßt und dann nicht gewußt, was er machen sollte. Wenn er jetzt die Ofentür öffnete, würde die Pizza in sich zusammenfallen.

Sie sprachen durch die Badezimmertür miteinander. Vera bereitete sich mit chirurgischer Präzision auf ihre Verabredung vor: Sie enthaarte sich am Abend zuvor, damit die Haut am nächsten Morgen nicht mehr gerötet war. Die Enthaarungscreme mußte zehn Minuten einwirken. In diesen zehn Minuten verwandelte der Heizlüfter das Bad in einen Backofen, und die Pizza buk zu zwei Dritteln fertig, so daß sie noch Zeit hatte, sich unter den Achseln zu rasieren.

Die Badezimmertür teilte Vera in zwei Hälften. Auf der einen Seite waren ihr Körper, die Hitze und ihre Sinnlichkeit; auf der anderen Seite ihr Mann mit dem Ofenhandschuh, den Vera lenkte wie die Rasierklinge über ihre Leiste.

 Als würde sie ein Konzert dirigieren: Denn auch ohne sie zu sehen, wußte sie genau, wie eine fast fertiggebackene Pizza aussieht.
Dann stellte sie sich unter die Dusche.
Um acht Uhr fünfundfünfzig versuchte sie im Fahrstuhl, die Falte zu glätten. Sie straffte sich ein wenig, aber kaum ließ sie los, stellte sie wieder ihre Frage. Jedem, der es nicht so eilig wie ihre Familie gehabt hätte, wäre aufgefallen, daß diese Falte keine gewöhnliche Form hatte.
Als sie in die Via Settembrini einkaufen ging, betrachtete sie sich in jedem Schaufenster und beobachtete den Blick des Obstverkäufers auf ihrem Fragezeichen. Dann ging sie durch die Porta San Gennaro, und dort auf der großen Straße kannte sie bereits keiner mehr.
Als sie klingelte, öffnete er ihr sofort. Im Hausflur setzte sie einen Moment lang ihre Einkaufstüten ab. Dann nahm sie sie wieder und stieg hinauf.
Sie mußte in die zweite Etage. Jedes Stockwerk hatte zwei Treppen mit je zehn Stufen. Vera ging hinauf, und auf einmal schienen dreißig, einunddreißig, beinahe fünfunddreißig Jahre verschwunden zu sein. Vera wurde die Treppen hoch- und runtergezogen, an Orte, die sie sich nicht ausgesucht hatte. Als sie spürte, daß sie nichts für sich allein hatte, fing sie an, die Dinge um sich herum zu zählen. Sie merkte, daß auf den Marmorstufen außer den Vierecken, die alle sahen, auch Diagonalen waren; sie entdeckte Zahlenmuster, die die Erwachsenen übersahen. Diese Symmetrie war der Teil der Welt, der sich nur ihr offenbarte.
Oben auf der Treppe kam er ihr entgegen.

Das war neu für Vera und schön: Ein Mann erwartete sie an der Tür.
«Wie geht's?»
«Erschöpft.»
«Wenn du mir gesagt hättest, daß du Einkaufstüten dabeihast, hätte ich dir tragen geholfen.»
Sie lächelte.
Sie liebten sich den ganzen Vormittag lang. Irgendwann betrachtete Vera ihr Bein und war abgelenkt. Von da an dachte sie an etwas anderes.

Fliege plus Walfisch

«Euch allen Frieden und gute Musik»

Enzo Avitabile auf dem Fest der Resistenza, Neapel, Parco Robinson, 28. September 2002

Thunfisch + Kranich = Reptil
Fliege + Walfisch = ?
Ich hebe den Kopf, um auf das Blatt von dem links neben mir zu schauen, sehe aber bloß die anzukreuzenden Kästchen, Zahlen und Kästchen. Deshalb versuche ich es bei dem rechts neben mir, aber das Schwein hat seinen Unterarm längs vor den Fragebogen gelegt. Ich zische: «Die Fünfzehn», aber der reagiert nicht. Er schaut mich nicht mal an, sondern klammert sich fest an seinen unsichtbaren Schutzschild und schreibt weiter. Und wie er schreibt. Als ich mich umschaue, sehe ich weit und breit nur Bänke und Stühle und die anderen Kandidaten, gebeugt, in Reih und Glied zu Tausenden in diesem Theaterzelt, wie bei einer Partie Schiffeversenken. Ich bin L 48, Treffer, beinahe versenkt. Keine Chance. Ich schreibe mir auf die Hand, daß ich die Fünfzehn übersprungen habe, und mache weiter – auf die Hand, weil kein Papier erlaubt ist und man deshalb entweder auf den Tisch oder die Hand schreiben muß.
Als der Typ von der Kommune sagt, daß wir nur noch fünf Minuten Zeit haben, höre ich verängstigte Seufzer und kehre zur Fünfzehn zurück.
Jetzt aber schnell: Fisch plus Vogel macht Reptil, das ist inzwischen klar, da bin ich mir sicher ... also macht Insekt plus Säugetier ... Amphibie? Irgendwie fehlen mir Amphibien

 und Mollusken. Dann gab es doch auch noch die, die wie Würmer aussehen, sich aber selbständig fortpflanzen und daher wieder was anderes sind ...
Ich habe keine Zeit mehr, denn der Typ klang endgültig. Wenn er «halt» ins Mikrophon sagt, müssen wir wie bei einem Kreuzworträtselwettbewerb den Stift hinlegen und darauf warten, daß die von der Firma, die den Test organisiert, die Blätter einsammeln. Jetzt bleibt mir nicht mal mehr eine Minute, um eine Kategorie von Lebewesen in das weiße Kästchen zu schreiben. Ich drehe mich schamlos zu dem rechts neben mir um und stehe beinahe auf, um über seinen Arm zu schauen. Die Hosteß sieht es und läuft durch den Saal, um mich anzuschreien, zu bestrafen, mir auf die Finger zu hauen, mich vom Wettbewerb auszuschließen oder wer weiß was zu tun, aber der Typ weiß sich allein zu verteidigen. Er dreht mir das mißgünstige Gesicht eines Enddreißigers zu, dem vor lauter Schweiß die Brille von Nase rutscht, und sagt: «Was machst du da, verdammt noch mal?»
Ich reiße die Augen auf und schreie: «Der Wal!»
Die Hosteß: «L 48!»
Aber das Mikrophon übertönt alle Stimmen: «Aufhören zu schreiben. Herzlichen Dank für Ihre Teilnahme, die Ergebnisse werden im Internet und in der *Gazzetta Ufficiale* vom 14. Oktober veröffentlicht. Auf Wiedersehen.»
Man hört diverse Scheißerufe, alle rücken mit den Stühlen und versuchen mit Spucke, die Tinte von den Fingern zu wischen.
L 49 sinkt ermattet zurück, wischt sich den Schweiß von der

Stirn und schaut mich düster an, aber ich bin zufrieden.
Weil er Angst vor mir gehabt hat. Wir waren siebentausend, und heute nachmittag sind die mit den Buchstaben M bis Z dran, aber er hat Angst vor *mir* gehabt und sich die ganze Zeit an seinem Schutzschild festhalten müssen.

Ich hätte ihm die Stelle vor der Nase wegschnappen können. Er hätte der elfte bei zehn Stellen sein können. Und ich der zehnte, wenn ich es geschafft hätte, seine Antwort abzuschreiben.

Die anderen vierzehntausend existieren für zwei wie uns nicht.

Alle schalten die Handys an und rennen zu den Bussen, aber ich gehe zu Fuß bis zur Endhaltestelle, weil ich sowieso den halben Tag freigenommen habe.

Als unsere Freundin Carmela uns lernen sah, sagte sie: «Laßt euch lieber zeigen, wie man Autos repariert.» Hätte ich damals auf sie gehört, würde ich jetzt nicht nur siebenhundert pro Monat verdienen in einem Laden, von dem man weiß, wann er morgens aufmacht, aber nicht, wann er abends schließt. Bis zum Edenlandia laufe ich Zickzack durch die Hundescheiße. Dort fängt die Mauer an, die die Straße von den Karussells, den Zootieren und den Eukalyptusbäumen des Parco Robinson trennt und erst beim Messegelände endet, unter der riesigen «Alles für die Braut»-Reklame.

Als ich mich an der Haltestelle auf das Geländer setze und zuschaue, wie die Busse abfahren, sehe ich zwischen dem C 25er und dem 47er ein Plakat. Enzo Avitabile singt auf dem Fest der Resistenza. Ich gehe ihm über die Straße entgegen. Noch während ich das Kleingedruckte lese, rufe ich Emilia an und mache was aus für heute abend, nagele sie darauf fest. Enzo wird *Asteco e cielo* für mich singen und mich mit diesem Teil der Stadt versöhnen, in den ich nur zu Tests und den Niederlagen des AC Neapel komme.

Routenänderung: Statt mit dem 180er direkt nach Hause zu fahren, nehme ich den langen Weg durch die Stadt. Langer Weg bedeutet Metro, Seilbahn und dann noch einmal Metro. Mit umsteigen und den Strecken zu Fuß dauert das ungefähr anderthalb Stunden, aber heute habe ich keine Lust, schon im Bus den Drogenabhängigen zu begegnen, die ich nachher sowieso vor meiner Haustür treffe.

An der Piazza Amedeo steige ich von der Metro in die Drahtseilbahn um und trinke einen Kaffee.

Dann straffe ich die Schultern und setze meinen Weg um gute fünf Zentimeter größer fort.

Als die Drahtseilbahn kommt, gebe ich mir den Anschein von Eile, damit keiner merkt, daß ich einen Umweg mache. Eine gemessene Eile, nicht die Unruhe derer, die in Straßen wohnen, die keine Namen haben, sondern durchnumeriert sind.

Die Straßen meines Viertels erinnern an die aus amerikanischen Filmen, durch die die Taxis wie über ein Schachbrett flitzen. Allerdings kann man bei uns von Taxis nur träumen.

Ich setze mich in den hintersten Waggon und genieße die Klimaanlage und die anonyme Stille. Als ich am Vomero aussteige, bin ich erholter, besser erzogen, und mir geht wieder das Lied durch den Kopf, das sich Emilia dreimal hintereinander anhören mußte, als sie in den Laden kam. Beim zweiten Mal, denn beim ersten Mal hatte sie einen Kopfhörer gekauft, den sie umtauschen wollte, weil sie behauptete, das Aluminium leite die Infrarotstrahlen und man höre schlecht. Deshalb wollte sie einen mit einem längeren Kabel, das aber hellblau sein mußte oder wenigstens silbergrau. Jedenfalls nicht schwarz.

Ich hatte damals zu ihr gesagt: «Hör dir das wenigstens mal an, mit der Farbe hast du recht, aber achte auch auf den Klang», und hatte ihr *Asteco e cielo* aufgelegt. Dreimal. Sie hörte das Lied mit geschlossenen Augen. Ich schaute sie an, riß das Klebeband von den Kartons und dachte an mein Zimmer, das so ist wie im Lied beschrieben: nur die Zimmerdecke und darüber sofort der Himmel.

Während ich in die Metro steige, die aus der Stadt hinauffährt, fische ich meine Fahrkarte aus der Tasche. Inzwischen bin ich siebzig Minuten unterwegs, und gleich läuft die Zeit ab, aber bis zur Zona Ospedaliera, dem Krankenhausviertel, schaffe ich es noch. Danach fragt keiner mehr nach der Fahrkarte. Mein Stadtviertel ist nach einem Gesetz benannt – 167. Irgendwann werde ich im Gesetzbuch nachschlagen, was das bedeutet.

Manchmal steigen Architekturstudenten in einen Bus und machen eine Rundfahrt zwischen den Mietshäusern. Sie knipsen wie die Japaner aus dem Fenster, trauen sich aber nicht auszusteigen. Ich sehe sie mit offenem Mund über Formen und Einfälle staunen. In einem dieser Einfälle wohne ich. L 48, 167, Parzelle 11, Block 20, Treppe A, neunte Etage, Aufzug defekt.

Das Haus sieht aus wie eine Pyramide oder ein Segel. Das Segel gegenüber ist so nah an meinem, daß keine Sonnenstrahlen dazwischendringen, das Wasser in den Pfützen stehenbleibt und die Mücken uns bis in den November hinein quälen. Die Segel sind durch ein Spinnennetz von Wäscheleinen miteinander verbunden.

«Mama», habe ich gefragt, «bis wohin geht unsere Wohnung?»

«Bis zur Wäsche.»

Wenn es dunkel war, zog ich deshalb an der Leine und schob die Socken weiter hinaus.

«Entschuldigung, aber was ist hier eigentlich los?»

Ich ziehe sie an der Jacke hinter mir her.

«Warte mal, wollen wir nicht herausfinden, was passiert ist?»

«Stehen da nicht schon genügend Leute rum? Wie wär's, wenn wir einfach hineingehen?»

Emilia schmollt, ich zahle zweimal fünf und ziehe sie hinein. In der Zwischenzeit drängen sich immer mehr Leute um den Eingang, und bei jedem, der neu hinzukommt, schmollt Emilia. Ein Typ sagt, es ginge hier ums Prinzip, und Emilia reichen zwei Wörter, um sich zu ereifern. Triumphierend sagt sie: «Recht hat er!»

Ja, hat er, aber ich will eigentlich nur Frieden und gute Musik.

Während wir eingezwängt in der Menge stehen, erkenne ich den Typen neben mir wieder, der ebenso erstaunt ist wie ich.

«Du warst doch auch bei dem Test heute morgen, was?»
«Ja, genau, wir haben uns bei der Ausweiskontrolle gesehen.»
«Wie ist es gelaufen?»
«Wie immer. Hast du auch den für den technischen Assistenten gemacht?»
Wir stellen fest, daß unsere Nachnamen bis auf einen Buchstaben identisch sind und daß wir uns in den vergangenen zwei Jahren oft über den Weg gelaufen sind. Immer nur bei der ersten Runde.
«Der schönste war der in Rom, der für den Parlamentssekretär.»
«Oh, welch Genauigkeit, welch glänzende Organisation!»
Mir fallen wieder die Aula im Halbschatten ein, der elektronische Badge, der einem das Gefühl gab, bereits dort zu arbeiten, und die New-Age-Musik.
«Die haben sie zur Entspannung laufen lassen», sage ich.
Ja – weder Wasser, Bonbons noch Taschentücher waren erlaubt. Wenn die Nase lief, mußte man sie sich wie in der Grundschule am Ärmel abwischen, und aufs Klo durfte man erst nach Testende. Aber zur Entspannung New-Age-Musik laufen lassen.
«Ich bin gerade erst zurück, habe die Saison in Modena auf einer Baustelle gearbeitet.»
«Wieviel hast du verdient?» frage ich.
«Zwei zwei, zwei vier.»
«Und wie war der Bauleiter?»

«Den habe ich nie kennengelernt, der flog nur im Hubschrauber vorbei. Wenn du einen Hubschrauber gesehen hast, war das der Bauleiter.»
Wir verabschieden uns wie zwei Kameraden. Nicht die einer Mannschaft oder einer Partei, sondern wie zwei Guerillakämpfer.
Ich drehe mich um, und Emilia steht in einem Grüppchen und redet wie ein Maschinengewehr. In der Zwischenzeit haben die Bullen schon zwei oder drei abgeführt, die zu weit gegangen sind.
Plötzlich fällt mir wieder die Sache mit der Fliege und dem Walfisch ein, und ich drehe mich nach dem Genossen um, aber der ist schon in Richtung Bühne verschwunden.
Ich hole zwei Bier, um mich bei ihr einzuschmeicheln; und schaffe es, sie in die Nähe der Bühne zu ziehen, während sie von der öffentlichen Ordnung, der CIA und Marihuana in industriellen Mengen spricht und ganz rot wird.
Schließlich setzen wir uns aufs Gras, und das Gras ist feucht, aber die Luft ist warm, und um uns herum sind viele Leute
Die Frauen aus dem Viertel, die an der Parkmauer wohnen, haben heute abend ihre Stühle vors Haus gestellt. Ein altes Muttchen hat die Pantoffeln ausgezogen und wippt im Takt der Musik mit den Füßen. Die Vorgruppe spielt gerade ein Lied von Metallica.
Dann werde ich ganz aufgeregt, weil ich daran denke, daß Emilia hier ist und dort hinten irgendwo Enzo Avitabile, daß ich sie hierhergebracht habe, damit sie sich kennenlernen, und daß es ein richtig schöner September ist.

Wirklich: Ein so schöner September, daß ich beim Einatmen zwischen den Haschischschwaden, die durch den Park ziehen, den Eukalyptus rieche.

Ich meine Enzos Lockenkopf schon hinter der Bühne hervorschauen gesehen zu haben. Vielleicht will er wissen, wie viele wir sind und ob er richtig loslegen kann. Dann hat plötzlich einer am Eingang etwas gebrüllt, so als ob er einen Freund ruft, und alle sind losgerannt und haben sich im Park zerstreut. Die in unserer Nähe sind auf uns drauf und haben uns gegen die Absperrung gedrückt. Um nicht hinzufallen, sind wir auch losgelaufen.
Das war keiner von den Übergriffen, die dich wie eine Walze überrollen, sondern hier machte jeder Polizist jeweils Jagd auf eine Einzelperson.
Ich sehe, daß Emilia stehenbleibt, weil sie kapieren will, was los ist. Aber ich ziehe sie an der Jacke weg, denn Schläge tun weh. Und für Stockschläge gibt es sowieso keine Erklärung.
Inzwischen sind wir an der Mauer und können nur noch hinaufklettern und von oben auf die andere Seite springen. Ich schiebe sie hinauf, und ihre Jeans ist feucht von Gras und Bier. Dann sehe ich sie oben auf der Mauer und dann nicht mehr.
Da mein persönlicher Polizist in Knüppelreichweite ist, setze ich die Füße, wohin ich kann, in den Stein. Er könnte problemlos hinterherklettern, aber ganz allein wird er das nicht tun, wo so viele von uns dort oben sind. Vielleicht ist es ihm auch einfach egal. Als ich beinahe oben angekom-

men bin, schlägt er mir gegen den Fuß, so daß ich meinen Schuh verliere. Ich springe trotzdem – *o te mine o vole*, singt Enzo: Entweder stürzt du ab, oder du fliegst.
Ich bin gerade in der Luft zwischen Mauer und Boden, als ich ein Gebrüll höre.

Ich lande einen halben Meter tiefer auf dem Betondach eines Käfigs. Es dauert eine Weile, bis ich begreife, daß ich im Zoo bin und daß das mein Leben ist, und zwar dasselbe wie vor einer Viertelstunde. Alle dort unten – Kameraden und Tiere – schauen zur Mauer hoch, auf der wir plötzlich auftauchen, ohne daß sie abschätzen können, wo.
In der Voliere machen die Vögel verzweifelt Lärm, und Emilia ist sauer, weil wir abgehauen sind. Ich finde, daß sie einen Scheißcharakter hat, setze mich auf das Käfigdach und schaue mir den Zoo von oben an. Dann höre ich wieder das Gebrüll – was, wenn ich ins Löwengehege fallen würde?
Die anderen sagen, daß die wissen, wo wir sind, und uns hier suchen kommen. Ich glaube, daß sie falsch liegen – als ob die wirklich was von uns gewollt hätten! Denen ging es doch nur darum, ein paar Leute durch den Park zu jagen, und hierher kommen die bestimmt nicht. Schließlich dreht sich Scheißcharakter-Emilia zu mir um und fragt, wie es mir geht. Gut, auch wenn mein Fuß höllisch weh tut.
«Warte, ich hole den Mülleimer her, damit du runtersteigen kannst.»
«Nein, ich will hier oben eine Zigarette rauchen. Was ist da unten eigentlich drin?»

«Ein Tiger. Mensch, wir sind einfach so abgehauen, obwohl wir keine Ahnung hatten, warum ...»
Emilia ist von klein auf daran gewöhnt, Ahnung zu haben, ich bin von klein auf daran gewöhnt abzuhauen.

Ich will nicht runterklettern, nicht jetzt, wo man merkt, daß ich schwer atme, Herzklopfen habe und Angst, den Strumpf auszuziehen. Ich schaffe es nicht mal, mir den Fuß anzuschauen, denn diesen Schmerz habe ich einfach nicht verdient. In der Zeit, die ich brauche, um zu mir zu kommen und zu begreifen, wie der Tiger und ich in so eine Lage geraten konnten, will ich lieber hier oben eine Zigarette rauchen.
Ich höre ihn unter mir hin und her laufen: Er muß tonnenschwer sein. Plötzlich will ich wissen, wie er aussieht und wie er es schafft, dort drin zu leben. Ich will ihm in die Augen schauen. Um mich herum höre ich die Tiere schnauben, unruhig wegen der nächtlichen Störung. Irgendwann fliegt ein Hubschrauber über uns hinweg, und die unten denken, daß das die Polizei ist, und werden nervös. Mir fällt wieder der Baustellenleiter meines Genossen ein, der nur im Hubschrauber existiert, wir, die wir nur hier existieren, und alle Tests und alle Baustellen. Ich denke an den Hammer, fünf für mich und fünf für Emilia bezahlt zu haben. Wenn ich so drauf bin, wenn ich anfange, über alles gleichzeitig nachzudenken, schaffe ich es nicht, an nichts zu denken, und dann habe ich bloß noch ein bißchen Angst, eine Angst, die man anfassen und anschauen kann. Damit binde ich mir den mir verbliebenen Schuh zu und klettere hinunter.

«Ich bin nur runtergekommen, weil ich pinkeln muß, geht mir bloß nicht mit Politik auf den Sack, okay?»

Der Fuß ist riesengroß geworden, und ich kann kaum noch auftreten. Emilia, die sich natürlich auch mit Medizin und Pharmazie auskennt, sagt, daß es besser gewesen wäre, wenn die Haut aufgeplatzt wäre, denn dann wäre das Blut herausgekommen, statt drinzubleiben. Ich denke, daß es besser gewesen wäre, wenn Enzo Avitabile gesungen hätte, sage aber nichts, denn wie mein Blut bleibe ich in mir drin.

Während ich um den Käfig herumgehe, um den Tiger kennenzulernen, höre ich, wie Emilia jemanden wegen meines Fußes beruhigt.

«Was heißt hier Fuß? Das ist das *Sprunggelenk*.»

Der Tiger schaut mich an. Sein Fell ist so kurz und dicht, daß es wie eine Haut aussieht. Er füllt den Käfig mit wenigen gleichmäßigen Schritten. Ich zeige ihm meinen Fuß, hebe ihn ein bißchen an.

«Das ist das Sprunggelenk», sage ich zu ihm.

Ich suche nach einer Weide zum Pinkeln, aber als ich eine geeignete entdecke, steht dahinter ein Typ und weint. Ich versuche, unbemerkt zu verschwinden, und denke mir, daß es besser gewesen wäre, oben zu bleiben.

Schließlich pinkle ich gegen eine Mauer. Dann schaue ich hoch.

Terrarium.

Terrarium: Hier also werden Vögel und Fische addiert, hier paaren sich die Viecher nach den Regeln der Algebra. Ich versuche, durchs Fenster zu schauen, und lege Hände und Gesicht an die Scheiben, aber auf denen klebt der Dreck von Jahrhunderten: Sie verbergen die Antwort und lassen nur ein schwaches violettes Licht durch, das nichts verrät. Hier drin hat sich heute morgen das Blut eines Thunfischs und eines Kranichs zu einem eindeutigen, präzisen, anerkannten Ergebnis verbunden.

Und ich habe dagegengepinkelt.

Die anderen sitzen neben der Eintrittskartenbude, haben Stühle gefunden, Empfang fürs Handy und eine Leiter, um über die Mauer zu klettern und nach Hause zu gehen.

Sie diskutieren, aber Emilia merkt, daß das nicht der beste Zeitpunkt ist, hält sich raus und kommt auf mich zu.

«Du darfst mit dem Fuß nicht auftreten.»

«Was heißt hier Fuß? Das ist das *Sprunggelenk*.»

Sie klingt nicht anklagend: «Wo warst du denn so lange?» Und ohne eine Antwort abzuwarten: «Willst du den Fuß unter die Pumpe halten?»

Die anderen haben Freunde angerufen, die mit ihren Autos draußen vor der Mauer stehen und uns versichern, daß alles ruhig ist und wir nach Hause gehen können.

Der Plan sieht so aus: nacheinander hinaufklettern, oben warten und dann die Leiter auf die andere Seite legen. Die mit zwei Füßen finden die Idee hervorragend.

Als wir auf der Mauer sitzen, hinter den Camaldoli die Sonne aufgeht und man die Gesichter erkennt, sitzt der von der Weide neben mir. Seine Augen sind so geschwollen wie mein Knöchel. Ich lächle ihn an.

In der Zwischenzeit winken uns die Freunde von der anderen Seite aus zu und ärgern uns mit der Drohung, uns dort oben sitzen zu lassen.

Ich sitze auf dem Geländer an der Haltestelle, als sie sagt: «Warte mal einen Moment.»

Ich warte mal, sehe sie hinter dem Zeitschriftenkiosk verschwinden und denke, daß so eine wie sie wirklich nie genug kriegt. Und daß sie sich ihre Presseschau sonstwohin stekken kann.

Ich stehe an derselben Straße wie heute früh, nur auf der anderen Seite, und diesmal warte ich auf den Bus. Um mich herum beginnt etwas in Bewegung zu geraten. Eine Mannschaft von Straßenkehrern kommt schwatzend Meter für Meter näher. Nach jedem Stück Straße tauschen sie die Plätze, der vorderste geht nach hinten – wie Radfahrer oder Zugvögel auf dem Weg nach Süden. Alle vorbeifahrenden Autos biegen nach links zu den Fabriken in Bagnoli und Pozzuoli ab und fahren nicht über die Stadtautobahn. Die kostet tausend Lire, und wenn man das jeden Tag macht, kommt ganz schön was zusammen.

Dann stelle ich mir vor, wie die optischen Fasern von heute morgen ihre Schicht beginnen und die Testbögen durchgehen. Auf jede Frage eine Antwort mit schwarzem Bleistift. Sie lesen sie aufmerksam – Nummer, Kästchen, Nummer, Kästchen, vierzehntausendmal, eine Heidenarbeit.

An diesen Fasern hängen wir wie Socken zwischen den Mietshäusern und werden zwischen den Computern hin und her geschoben. Als meiner bei der Nummer fünfzehn

ankommt, zieht er die Wäscheklammer weg und läßt mich fallen: Entweder stürzt du ab oder fliegst. Dann kommt Emilia zurück – ohne Zeitungen, aber mit einer Tüte, die nach Gebäck duftet.
«Du ...», sagt sie.
«Nein, du: Wenn Thunfisch plus Kranich Reptil ist, was ist dann Fliege plus Walfisch?»
Sie runzelt die Stirn. Eine wie sie erlaubt sich keine Fehler.
«Reptil.»
Ich schaue sie an und denke, daß sie mich verarscht.
«Ja, Reptil! Etwas, das fliegt, plus etwas, das schwimmt, macht Reptil, stimmt's?»
Ich denke darüber nach. Ob es stimmt, weiß ich nicht, aber wenigstens ist es eine Erklärung.
Dann steckt sie die Nase in die Tüte und fängt wieder an:
«Du, das Hörnchen will ich.»

Monte Carlo

1.

Während sie über den Holzsteg am Strand lief, zog sie die Badelatschen aus und legte sie dann auf die Theke, um die Hände zum Bezahlen frei zu haben: «Einen Kaffee mit Anis.»

Über der Kaffeemaschine in der Bar hing ein gerahmtes Foto vom Fußballspiel gegen Porto Marghera. Drei zu null für Italsider.

Ihr Vater hatte es in den Beinen gespürt, daß sie gewinnen würden, und tatsächlich – er lächelte.

Ringsherum hingen an den Holzwänden Bilder von den Meisterschaften. Ihr Vater mit zwanzig, fünfundzwanzig und dreißig Jahren. Im Oktober '69 – da war sie gerade ein paar Tage alt gewesen.

Die vierte Wand bildete das Meer.

«Du bist doch Adriana, die Tochter von Ciro ...»

Sie lächelte: «Onkel Gennaro!»

2.

«*Signore*, ich bin es nicht gewohnt, gesagt zu bekommen, wie ich etwas zu tun habe.»
Wenn Adriana ein Gespräch beenden wollte, strich sie jeden Titel, vergaß die Namen und nannte alle nur noch *Signore*, was jedermanns Name ist. Das klappte immer, und ihr Gegenüber zog mit eingezogenem Schwanz ab, in der festen Überzeugung, daß mit dieser schrecklichen Frau nicht zu reden war.
Und so blieb sie mit ihrer Disziplin allein. Morgens war sie die erste und abends die letzte im Büro, ihren Papierkorb leerte sie selbst, private Telefongespräche führte sie nie, und auf die Toilette ging sie in der Mittagspause. In ihrem Safe lag immer eine Kopie der Protokolle.
Schon zum dritten Mal hatte jemand versucht, sie ihr zu stehlen.
Der Aktenordner quoll über vor Aufnahmen – aus der Luft, von der Seite und vom Meer aus. Weil dreihundertdreizehn Hektar Fabrikgelände schwer zu fotografieren sind, hatte sie sich beim Militär Luftkarten besorgt. Als sie eingetroffen waren, hatten die Techniker der Kommune sie in ihrem Büro angesehen und nichts damit anzufangen gewußt. Die Graphik war anders, und die Legende wurde als bekannt vorausgesetzt. Deshalb hatte Adriana gelernt, sie selbst zu lesen. Das Meer war weiß, die Erde dunkel, und jedes X stand für ein Haus. Das dritte X rechts war ihre Schule.

Sie gingen nachmittags zur Schule, denn in jenem Jahr war im Stahlwerk der Dauerguß eingerichtet worden, und weil neue Familien zugezogen waren, gab es nicht genügend Klassenzimmer. Deshalb mußten sie mit einem anderen Gymnasium in zwei Schichten zur Schule gehen, aber das fanden sie toll, denn wenn man aus der Schule kam, war es schon dunkel, so als sei man alt genug, um noch etwas trinken gehen zu können.

Man verlobte sich am Telefon, denn persönlich war keine Gelegenheit dazu. Nach der Schule hätten sie reden können, aber da zog eine Klassenkameradin Adriana am Rucksack weg. Deren Tante wartete mit dem Auto an der Ecke auf sie. Die Fabrik verschlang ihre Eltern, und sicherlich war es ein Glücksumstand, daß sie jemand nach Hause brachte, aber wenigstens auf dem kurzen Weg zum Auto hätte ihre Klassenkameradin ein paar Schritte vorlaufen können. Also mußte alles am Telefon geklärt werden, man redete, man sagte sich die Dinge, und so war es sogar einfacher, denn Adriana hatte schiefe Schneidezähne und schämte sich zu lächeln. Bei diesem Telefonat lächelte sie viel und wurde feuerrot. «Dann setzt du dich auf meinen Schoß.»

«Nein», sagte sie, «nie im Leben setze ich mich auf deinen Schoß.»

Aber das stimmte nicht, sie tat es beinahe sofort am Sonntag danach auf einer Bank auf der Piazza. Die Piazza war eine helle Blende auf der dunklen Karte.

«Entschuldigen Sie, Dottoressa, Liborio wird pensioniert, und wir sammeln für sein Abschiedsgeschenk.»

«Wieviel pro Person?»

«Zehn Euro.»
Adriana schrieb sich etwas auf einen Zettel. «Sie ... das übliche?»
«Ja, ja», sagte sie, «nun gehen Sie schon.» Sie nahm weder von Kollegen noch von Vorgesetzten, noch von sonst jemandem Geschenke. Und sie machte auch keine. Statt dessen spendete sie den doppelten Betrag einer Krebsinitiative.
Eine Viertelstunde später kam Giacomo zu ihr ins Büro.
«Adriana, denk dran, daß Liborio große Stücke auf dich hält. Wieso tust du das?»
«Ich habe hier keinen politischen Posten. Das weißt du doch.»
Er wußte es. Adriana saß hier, weil sie Organisationstalent und Führungsqualitäten hatte und das beste Projekt für die Stadtverwaltung ausgearbeitet hatte, aber Neapel war keine einfache Stadt, und um etwas zu erreichen, mußte man vorsichtig sein, durfte keinem trauen und nicht danke sagen müssen. Trotzdem wiederholte er leise: «... wieso tust du das?»
«Wir befinden uns im Gebäude der Stadtverwaltung, unter uns ist die Polizeiwache, die Tag und Nacht besetzt ist. Hier ist der Safe, und heute morgen hat schon wieder jemand versucht, mir die Unterlagen über die Gebietsaufteilung zu stehlen ... ruf mir doch einen Moment die Simioli.»
Die Simioli hatte eine Schwäche für Giacomo. Sie trat ein, setzte sich entsprechend in Szene und tat geschäftig. Dabei lächelte sie Adriana verschwörerisch zu und setzte sich.
Adriana erklärte ihr, daß das, was sie angeordnet hatte,

nicht erledigt worden war, und das, was erledigt worden war, schlecht erledigt worden war. Dann verabschiedete sie sie mit einem «Guten Abend».

Giacomo machte die Tür zu: «Duzt ihr euch nicht?»

«*Sie* duzt mich.»

Giacomo streckte die Arme nach ihr aus und fragte ganz leise: «Wieso tust du das?»

Adriana hätte sich gern von ihm umarmen lassen, sagte aber statt dessen: «Du warst der einzige, der wußte, daß ich eine Kopie im Safe habe.»

Am nächsten Tag hatte Simona Simioli vorsichtshalber entschieden, nur in ihrem eigenen Büro mit Adriana zu sprechen. Dort hatte sie einen schönen Schreibtisch als Schutzschild und eine Sekretärin, die so alt wie ihre Mutter war und die sie gleichberechtigt behandelte, denn schließlich war ihre Kandidatur von einer feministischen Liste unterstützt worden. Adriana versuchte inzwischen schon seit zwei Stunden, sich zu ihr durchstellen zu lassen, aber da Bürgertag war, hatte man in der Telefonzentrale einen Teil der Leitungen unterbrochen. Schließlich stand sie auf, um zu ihr zu gehen.

Als Adriana über die Flure ging, spürte sie den Abstand, den man hier im Verwaltungsgebäude zur Stadt und zur Sache hielt. Dieser Abstand war nicht offiziell, man gab ihn nicht zu, denn die Verwaltung machte auf jung und motiviert, sie wollte sich anders darstellen als ihre Vorgänger und hatte Erpressungen, der Vetternwirtschaft und Verleumdungen den Kampf angesagt. Aber sie wahrte Abstand und pflegte die bürokratische Tugend, nach Dienstschluß weder Arbeit noch Ideen mit nach Hause zu nehmen, sich nicht aufzuregen und nicht zu leiden.

Das Schild an Simona Simiolis Büro war vor kurzem ausgetauscht worden, denn die Gewählte war frischgebackene Architektin und seitdem für den öffentlichen Grund und Boden zuständig. Im Wahlkampf hatte sie versprochen, einen Rat aller gewählten Frauen zu bilden. Da sie als einzige Frau weitergekommen war, beriet sie sich jetzt selbst.

Adriana wollte sie mitreißen, denn von allen Seiten mußte darauf gedrängt werden, sofort mit der Urbarmachung zu beginnen, wenn das Geld da war. Aber Simona Simioli war Ästhetin: Alles, was sie über Parzellierung wußte, hatte sie aus einem Film: «Warte mal, wie hieß der noch? ... *Brände über der Stadt*, der von Francesco Rosi ... stark!»

«Ja, stark. Das hier ist der neue Bebauungsplan mit den Veränderungen gegenüber dem von '98 ... sehen Sie Bagnoli? Dreimal hat man mir den Safe aufgebrochen ...»

Da machte ihr die Simioli ein Zeichen und drehte sich zu ihrer Sekretärin um.

«Signora Anna, lassen Sie uns allein?»

Die stand auf, obwohl sie sechzig Jahre alt war, ihre Pantoffeln unter dem Schreibtisch standen, sie drinnen viel und draußen gar nichts zu tun hatte.

Die Simioli fuhr leise fort: «Aber entschuldige mal, meine Liebe, die Kopie, auf die es ankommt, liegt im Archiv ...»

«Daß sie im Archiv liegt, macht sie doch nicht unantastbar, oder? Das macht sie einfach nur zu einer weiteren Kopie, wie diese hier.»

Damit streckte sie sie der Simioli hin. Sie selbst hatte die bunten Linien eingezeichnet und mit dem Filzstift alles bis zum letzten Meter schraffiert. Trotzdem war der Baugrund im Verhältnis zum Meer unverhältnismäßig groß.

«Jetzt haben wir jedoch ein ganz anderes Problem: Nur wenn die Urbarmachung noch 2003 abgeschlossen wird, kann die Kommune die Grundstücke von Privat für dreißig Prozent weniger erwerben.»

«Na wunderbar, die Mittel für die Urbarmachung sind bereits in den Haushaltsplan aufgenommen worden, der Haushaltsplan ist verabschiedet worden ... sobald das Geld da ist, fangen wir an.»

«Die werden auf alle erdenkliche Art und Weise versuchen, uns aufzuhalten. Bauunternehmer und Camorra sind nicht besonders glücklich darüber ...»

In dem Moment kam Giacomo herein: «Habt ihr Signora Anna ausgesperrt?»

Die Simioli fand ihn urkomisch. Als sie wieder Luft bekam, sagte sie: «Wir reden über delikate Angelegenheiten.»

Giacomo sah die Karte auf dem Tisch liegen.

«Eure delikaten Angelegenheiten laufen gut. Die Parlamentskommission tagt nächste Woche. Und dann geht's los.»

Simona Simioli wirkte sehr erleichtert, beinahe bewegt. Dann klingelte das Telefon, und sie vertiefte sich in ein Gespräch.

«Wir müssen vorbereitet sein, vielleicht sollte man eine Inspektion durchführen.»

«Okay», sagte Giacomo, «dann kümmere ich mich mal um

 die Genehmigung für die Dienstfahrt ... um welches Gebiet geht es?»
«Äh . . wir wollten mit der Via Diocleziano anfangen ... das gesamte blaue Gebiet.»
Der blaue Filzstift fuhr durch die Via Enrico Cocchia unter dem Küchenbalkon entlang. Adriana kochte erst Spaghetti aglio e olio und dann Omelett. Nach der Schule aß sie allein, verzagte jedoch nie und ließ kein Mittagessen aus: Spaghetti, Omelett, Spaghetti, Omelett. Es gab nicht viel, woran man denken mußte, denn die Fabrik rief alle zur Disziplin. Um acht Uhr morgens, um dreizehn und um siebzehn Uhr ertönte die Sirene. Ihr Klang war ein Signal und das Versprechen einer Wiederkehr – von lebenden Kolonnen, die sich auf dem Parkplatz zerstreuten, und lebenden Kolonnen, die in die Fabrik strömten: Der Stahlguß stand nie still.
Sie ging als letzte aus dem Haus und kam als erste zurück, fünfzehn Jahre war sie alt, und die Hausschlüssel durchlöcherten ihre Taschen, während ihre Freundinnen darum kämpften, welche zu bekommen.

«Hier sind die Genehmigungen! Heute ist so ein schöner Tag, willst du nicht mitkommen?»
«Was soll die Frage? Du weißt doch, daß ich für die Karte zuständig bin und du für das Gebiet.»
Die Simioli legte euphorisch den Hörer auf und griff nach ihrer Sonnenbrille: «Ich komme mit! Wo muß ich unterschreiben?»

Adriana war schon im Schlafanzug, als Giacomo anrief.
«Ja, alles in Ordnung. Simona hat sämtliche Bars im blauen Gebiet inspiziert.»
«Stimmt die Karte noch? Oder hat sich etwas verändert?»
«Nein ... mehr oder weniger stimmt alles. Seit wann warst du nicht mehr dort?»
«Seit 1994. Sie haben mit der Demontage der Fabrik begonnen, als das Projekt ausgeschrieben wurde.»
«Da ist diese Brücke, auf der die Ware zu den Schiffen transportiert wurde ... einen Kilometer vom ersten Pfeiler im Boden in Richtung Meer will Simona Kunstspringwettbewerbe veranstalten.»
«...»
«Versprich mir, daß wir das feiern.»
«Du, ich und die Simioli?»
«Sei nicht albern, feiern wir??»
«Die Kommune hat ja schon damit angefangen. Hast du die Werbekampagne gesehen? Zwei Bilder nebeneinander. Auf dem einen steht INPUT über einem Foto vom Stahlwerk. Auf dem anderen steht OUTPUT, und dahinter sieht man die Uferpromenade von Monte Carlo ...»
«Ja, wir haben das Plakat auf dem Bolzplatz gesehen ... feiern wir denn nun?»
«Wenn der erste Bauabschnitt beginnt, gehen wir noch am selben Abend, wohin du willst.»
«Dann bestelle ich für nächste Woche einen Tisch. Gute Nacht.»
«Nacht.»

 Adriana lächelte und tat die Zahnspange in den Mund.
Im Sommer gingen sie auf den Bolzplatz, um sich zu verlieben. Ihre Klassenkameraden hatten sie durch, neue Jungs mußten her.
Wenn sie sich auf die Betonstufen setzten und die U-Bahn darunter durchfuhr, zitterte alles, und der Ball schlug eine eigene Richtung ein. Sie kommentierten das Spiel, machten sich über sie lustig und hofften auf jene Schürfwunden, die einen Augenblick lang an den Spielfeldrand zwingen. Später warteten sie am Eingang der Umkleidekabinen auf sie, wo ihnen der Geruch von Dusche und Schweiß und der Gestank der Gummisohlen entgegenschlugen.

Die ganze Woche über träumte Adriana von einem weißen Meer, das sich im Wind nicht kräuselte, sondern zerknitterte. Und Giacomos Arme als Brückenpfeiler.

Am Montag ging Giacomo über den Flur und blieb fünf Minuten lang mit der Hand auf der Klinke vor Adrianas geschlossener Tür stehen. Als er ohne anzuklopfen eintrat, sah er sie am Fenster, die Schiffe beobachten.
«Die Regierung hat die Finanzierung gestoppt.»
Sie drehte sich um und ging auf ihn zu, ohne verstanden zu haben. Deshalb mußte er es noch einmal sagen und fand ganze fünf Minuten lang nicht den Mut dazu: «Die Regierung hat die Finanzierung gestoppt.»
«Aber die ist doch bereits beschlossen, sie ist schon durch.»
«Sie ist gestoppt worden.»

«Das kann die Regierung nicht tun.»
«Hat sie aber, der Bürgermeister ist sofort nach Rom gefahren.»
«Was wollen die denn?»
«Zeit gewinnen, die Urbarmachung verzögern. Wie alle anderen auch.»
Adriana griff nach dem Telefon, ohne zu wissen, welche Nummer sie wählen sollte. Dann warf sie sich auf den Besuchersessel, und Giacomo legte ihr die Hände auf die Schultern: «Ich gehe davon aus, daß bis September alles geklärt ist.»
«September ist zu spät», sagte sie, schüttelte seine Hände ab, zerknüllte und zerriß die Karte und fing an zu weinen. Sie weinte lange: über den schwarzen Ruß auf dem Fußboden der Wohnung und den Staub, den ihre Mutter hustete.

3.

Die Metro fuhr ein Stück hoch über der Straße zwischen den Mietshäusern entlang. Links davon lagen die Fabrikschlote und das Meer. In Bagnoli stieg Adriana beim Bolzplatz aus, zog die Schuhe aus und die Badelatschen an. Die Via dei Campi Flegrei lief sie hinauf und hielt die Latschen bei der Steigung mit dem großen Zeh fest.

Von der kleinen Piazza aus ging die Straße durch eine Unterführung. Hinter den Eisenbahnschienen stieg man wieder hinauf und war am Strand.

Adriana lief am öffentlichen Strand vorbei und ging in den Lido der Genossenschaft. Aus den Arbeitern waren Rettungsschwimmer geworden.

Während sie ihren Kaffee mit Anis trank, erzählte ihr Onkel Gennaro von dem Tag, an dem man entdeckte, daß ihr Vater Stürmer war. Kein Mittelstürmer, sondern der beste Stürmer von Atletico Italsider. In jenem Jahr wurde die Mannschaft von einer Konditorei gesponsert, und alle waren so dick geworden, daß sie auf dem Rasen zu nichts mehr zu gebrauchen waren.

«Onkel Gennaro, ich lasse meine Tasche hier und springe ins Wasser.»

«Zieh die Latschen an, der Sand ist glühendheiß.»

Schwarzer Vulkansand, der die Hitze nicht reflektiert, sondern speichert und unter der Sonne gnadenlos ist. Trotz-

dem rannte Adriana barfuß ins Meer und betrachtete im klaren Wasser ihre Füße. Ringsherum quoll der Schwefel aus dem Boden und ließ das Meer aufschäumen.
Erst wenn man den Finger ableckte, merkte man, daß es kein See war. Mit Procida und Ischia bildete der Golf den perfekten Kreis eines Kraters.
Von links umfing die verrostete lange Brücke, die die Schienen trug, Adriana in einer Umarmung aus Eisen und Erde. Sie sprang ins Meer und verlor sofort den Boden unter den Füßen, denn die Kraterwand sank unter Wasser steil ab. Sie schwamm hinaus und drehte sich erst nach langer Zeit um, um zurückzuschauen.

Übergang

Immer wieder neu geboren werden,
aber nicht ganz, neben vielen Müttern,
neuen Müttern.
Patrizia Cavalli, La Notte Palombara

1.

Ich komme immer zu spät. Im Fitneßstudio verpasse ich die zehnminütige Aufwärmphase und habe danach eine Woche lang jeden Monat das ganze Jahr über Muskelzerrungen und entzündete Knie.
Dabei wohne ich gerade mal zwei Stockwerke weit weg, nämlich praktisch über dem Fitneßstudio, teile aber meine Wohnung mit einer höheren Gewalt, die mich daran hindert, pünktlich zu sein. Ihr Geschick besteht darin, immer neue Formen anzunehmen: der letzte Anruf, einen Artikel in der Zeitung übersehen, die Socken passen nicht zueinander, Übelkeit, Sinneswandel ... Ihre unerwarteten Argumente irritieren und überzeugen mich und halten mich auf. Wenn längst klar ist, daß ich nicht mehr pünktlich kommen kann, lockert sie den Griff und läßt mich gehen.
Seit dreißig Jahren gewinnt immer sie, und deshalb komme ich immer um zwanzig vor ins Fitneßstudio, wenn die anderen schon richtig in Fahrt, richtig motiviert und richtig aufgewärmt sind. Ich kriege den schlechtesten Platz ab, den am offenen Fenster, und sobald ich schwitze, merke ich die gesamte Zugluft der Stadt auf meinem Rücken.
Wenn ich das verdammte Fenster zumachen will, erhebt sich ein Aufschrei der Empörung: «Sollen wir vor Hitze krepieren?»
Aber keine tauscht mit mir den Platz, um sich vor der Hitze

 zu retten. Dafür muß man Verständnis haben: Sie sind zwanzig Jahre alt, müssen aber die Schwüle ihrer Erdgeschoßwohnungen abtrainieren, in denen sie auf engstem Raum mit ihren Erzeugergenerationen hausen. Dort unten in den Gäßchen steht auch heute noch die Luft, und sie wollen sichergehen, daß ihre Haut atmet. Eine beachtliche Verdunstungsfläche haben sie ja. Sie zwängen sich in superenge, supertrendy Tops, sind sonnenbankgebräunt, blondiert oder rotviolett gefärbt, und der Lippenstift geht weit über die Lippen hinaus. Wenn die der ersten Runde abziehen, gibt's immer ein Durcheinandergeschnatter: «Na, ihr Schönen, geht ihr schon?» und *«Ciao, amore mio»*, während wir vor Anstrengung zusammenbrechen und sie sich für die Spice Girls halten.

Nach der ersten halben Stunde frage ich mich, was ich hier überhaupt will, wenn ich sowieso zu spät komme, mir Zerrungen hole, währenddessen und danach leide und außerdem eine chronische Bronchitis habe. Das frage ich mich jedesmal, wenn wir uns auf die Matte legen und mit der Beinarbeit beginnen.

Heute liegt neben mir eine, die die gleichen Übungen mit dem anderen Bein macht und mich anschnauft, sobald es ihr Luftholen zuläßt: «Ganz schön brutal!»

Ich lächle und weiß, welche Frage als nächstes kommt: «Wo wohnst du?» Ich zeige mit dem Finger auf die Decke und atme betont schwer. Ich bin sowieso nicht besonders überzeugt von dem, was ich hier tue, mein Wille ist schwach, es ist eh alles sinnlos – und warum fängst du jetzt auch noch an?

«Du Glückliche! Da kannst du ja zu Hause duschen.»
Ich lächle noch einmal, bevor wir uns endlich umdrehen dürfen, wende ihr den Rücken zu und rette mich in Richtung Fenster. Beim nächsten Mal beginne ich die Übung mit dem gleichen Bein wie sie, das schwöre ich.

Als wir endlich beim Stretching angelangt sind, sehe ich sie.

Sie ist geschmeidig und schlank, hat lange, glatte schwarze Haare, die nicht zu bändigen sind, und ihre goldbraune Haut glänzt vor Schweiß. Du bist wunderschön! Wo warst du so lange? Sie bückt sich: Ihre Bewegungen sind mühelos, sie schielt nicht in den Spiegel nach der Trainerin, sie kommt mit der ganzen Handfläche auf den Boden. Als sie sich aufrichtet, suche ich nach ihrem Bauchnabel und finde ihn: flach wie der Bauch mit einem Piercing, das daraus hervorblitzt. Mir wird klar, daß ihre Hüften zu schmal sind, als daß sie einem Mann gefallen könnte, merke, daß sie mir gefällt, und weiß, daß ich den Mund nicht aufbekommen werde, möchte sie jedoch fragen: «Was suchst du in dieser Welt der breiten Schultern?»

Heute morgen laufe ich mit einer ganz anderen Einstellung die Schulmauer entlang – alles steht in Beziehung zu ihr, der Sportlerin mit den dunklen Haaren. Alles, was ich erlebe und sehe, erscheint mir wichtig, weil es in derselben Welt passiert, in der es jemanden gibt, der mir gefällt. Selbst die freiliegenden Abwasserrohre in diesem Stadtviertel, in dessen Schule ich vertretungsweise unterrichte, sind auf tragische Weise sinnvoll und finden zumindest heute in ihr ein schönes Gegenstück. Auch gegen die Bezeichnung habe ich nichts einzuwenden. Das Schulamt sieht das ganz richtig: Ich bin nicht nur vorläufig an dieser Grundschule, sondern bei mir ist grundsätzlich alles vorläufig.

Würde ich in der Innenstadt arbeiten, würde ich vielleicht über mein Gehalt klagen, aber diese Schule ohne Hausmeister, in der selbst die Kreide weggeschlossen wird und die Kinder nur den akzeptieren, der sie wie Camorra-Handlanger behandelt, lenkt mich mit anderen Sorgen ab. Direkt gegenüber ist ein Dialysezentrum, das man längst verschämt geschlossen hätte, wenn es eine öffentliche Toilette nördlich von Rom gewesen wäre, aber es ist keine Toilette, nicht einmal ein Krankenhaus – und wir sind keine Schule, wir sind die Peripherie. Wir müssen mit Wäsche auf der Leine, mit Gewalt und Verwahrlosung klarkommen. Europa ist ganz nah: Auf dem Flughafen hinter der Schule starten die MD 80 und fliegen gerade mal 150 Meter hoch über uns hinweg. Das ist hoch genug, damit sie uns nicht sehen, aber nicht hoch genug, damit es auch umgekehrt klappt – während des Unterrichts meint man, in einem Elektromixer zu sitzen, denn die Motoren dröhnen über die Landebahn, und bei jedem Start zittern unsere Fertigbauwände vor Angst.

Aber dieselben Augen, die das nach drei Jahren immer noch wahrnehmen, haben gestern auf einem Bauchnabel geruht. Und sind dementsprechend glücklich.

«Guten Morgen allerseits, wer nimmt heute die Dritte?»

«Machst du das? Ich will mit der Fünften eine Mathearbeit schreiben.»

«Betta, ich fahre nachher mit dir zurück, ich will schnell nach Hause, damit ich noch ins Fitneßstudio kann.»
Elisabetta ist verantwortlich für die Einteilung. Dazu hat man sie auserkoren, weil sie intelligent, unbeugsam und eine der wenigen festangestellten Lehrer der Schule ist.
«Toller Deal», kommentierte sie die Beförderung.
Eine halbe Stunde vor Schulschluß sind die Kinder nicht mehr zu halten, es ist zwecklos, zu reden, zu schweigen oder zu schreien, es gibt nichts, was sie bändigen könnte: Es reicht ihnen, sie wollen an die Luft, und ehrlich gesagt kann auch ich es kaum erwarten wegzukommen. Also lassen wir sie auf den Hof und spielen mit ihnen unter den krebserregenden Abgasen der auf Hochtouren laufenden Düsenflugzeuge.
Lello hat eine Idee: «Das Spiel heißt ‹Der Wolf frißt Obst› und geht so: Der Wolf läuft hinter dem Obst her, fängt es, und dann wird das Obst Wolf. Die Mauer ist der Anschlag.»
Nach drei oder vier solcher Erklärungen höre ich einen genervt sagen: *«Ma chesta nu capisc' niente* – die rafft ja gar nichts.»
Ich finde, daß er recht hat, und da ich sowieso lieber mitspielen will, sage ich: «Na gut! Auf die Plätze, ich bin der Schiedsrichter!»
Ich habe wirklich nichts gerafft. Ich soll mitmachen und die Kiwi spielen. Ich bin die Kiwi. Als ich aufgerufen werde, laufe ich schnell los, und ein Kind rennt hinter mir her und wird von den anderen angefeuert. Meine Kolleginnen erwarten, daß ich irgendwann langsamer werde und mich fangen lasse, aber ich spiele, um zu gewinnen, und mit meinen zweiunddreißig Jahren fängt mich so schnell keiner.

 Im Auto bin ich immer noch außer Atem.
«Was willst du eigentlich im Fitneßstudio, wenn du schon nach zwei Minuten Laufen fertig bist?»
Ich sage nichts. Was soll ich dazu sagen?
«Willst du eine Zigarette? Hier.»
«Nein danke, sonst fange ich sofort wieder an zu husten.»
«Du hast doch sowieso Bronchitis, seit du ins Fitneßstudio gehst.»
Ich sage nichts. Was soll ich dazu sagen?
Auf der Stadtautobahn stehen wir an der Mautstelle am Via-Card-Schalter, und im Auto vor uns stimmt etwas nicht. Wir warten geduldig, aber der Fahrer wird wütend, streitet mit der Person auf dem Beifahrersitz und macht keinerlei Anstalten, durch die Schranke zu fahren.
«Setz zurück», schlage ich vor.
Aber es ist bereits zu spät: Der Fahrer reißt die rechte Tür auf und schubst brutal ein großes schwarzes Mädchen. Sie will etwas sagen, aber schon fliegt ihre Tasche aus dem Auto, und sie steigt schließlich aus. Dann macht sie die hintere Tür auf und zieht ein Kind heraus. Betta setzt gerade so weit zurück, daß das Arschloch sie nicht anfährt, als der wie verrückt den Rückwärtsgang einlegt. Während ich immer noch nichts verstehe und nur das Kind mit seinen kleinen Schühchen an der Frau hängen sehe, macht sie die Tür auf, beugt sich hinaus und sagt entschieden: «Wir fahren in die Stadt, sollen wir dich mitnehmen?»
Nicht ohne Grund hat sie eine Festanstellung, denke ich und verwechsle die Fähigkeit einer Person mit der Dynamik auf dem Arbeitsmarkt.

Und so landen die Schühchen auf unserem Rücksitz. Die Frau beißt sich auf die Lippen, aber das Kind sagt keinen Ton. Man sieht, daß es ihm egal ist, in welches Auto es steigt. Ich denke, daß es im ganzen Universum keinen triftigen Grund dafür gibt, warum ein Kind einer solchen Szene beiwohnen sollte, und während ich das denke, sagt Elisabetta ihren Namen, stellt ein paar Fragen und gibt uns mit ihrer Plauderei das Gefühl, daß alles einfach normal weitergeht.

Nicht ohne Grund ist sie bei uns die Verantwortliche, denke ich, und diesmal habe ich recht.

«Ich heiße Alma, und das ist Domenico, er ist zwei.»

Sie spricht Italienisch mit einem ebenso schönen Dialekt wie wir.

«Domenico?» frage ich das Kind mit singender Stimme, aber er reagiert nicht.

Domenico, Domingo, was trägst du für einen Namen von Santo Domingo, wessen Sohn bist du? Mir fällt eine schwarze Version von Filomena Marturano ein, und ich taufe das Kind Dummì. Ich sage Dummì zu ihm, und er lächelt mich an.

Alma ist erschöpft und sagt leise immer wieder: «Warum an der Mautstelle?» Dann dreht sie sich zur Heckscheibe um und schleudert ihr einen schönen Satz voller Nasallaute entgegen, der uns auf einen anderen Kontinent mitnimmt. Ich verstehe sofort, was sie gesagt hat: Verrecke, du Scheißkerl! Und Elisabetta, die offenbar sprachbegabt ist, versteht ebenfalls und übersetzt besser als ein Dolmetscher: *«S'adda scassà 'e ccorne!»*

Das ist Elisabettas Art, so macht sie es immer mit mir: Sie liest Ideen und Personen auf, dreht sich dann zu mir um und wartet auf ein Zeichen, auf die Fortsetzung. Gewöhnlich antworte ich mit einem Fragezeichen.

Auch jetzt habe ich eins vorrätig: Es sitzt hinten mit einem Kind auf dem Arm. Als wir in Capodimonte von der Stadtautobahn fahren – meine Ausfahrt –, weiß ich, daß ich es zükken muß. Über die Ausfahrt rollen wir auf die Stadt hinunter, um mich herum sehe ich das Meer, einen Bettler vor der Kirche und Elisabettas Blick, der auf mich gerichtet ist.

Sie fährt, ohne die Straße eines Blickes zu würdigen. Ich bin es, die auf die Straße schaut – vielleicht haben wir die Rollen getauscht.

Ich frage die nächstliegende Frage: «Wo sollen wir euch rauslassen?»

«Das ist egal, wo du rausmußt, ist okay.»

An der Kreuzung vor meiner Straße steige ich aus, wir verabschieden uns, und ich sehe Betta mit dem gleichen Blick wie vorhin wegfahren. Ich frage mich, was sie jetzt noch will, wieso sie mich verdammt noch mal immer noch so anstarrt: Meinen Teil habe ich getan.

Ich gebe Dummì einen Kuß, verabschiede mich noch einmal von Alma und gehe über die Straße. Während ich mir die Tasche über die Schulter hänge, beschleunige ich den Schritt und rechne aus, daß mir zwanzig Minuten bleiben, um mich umzuziehen und meine Kreatinkapseln zu schlukken.

Plötzlich – ich weiß auch nicht warum – drehe ich mich um und renne wie eine Verrückte zurück, laufe beinahe vor ein

Mofa, das mir auf dem Bürgersteig entgegengeschossen kommt, und rufe Alma.
Sie hat sich nicht von der Stelle gerührt.
Ich sage zu ihr: «Komm, wir gehen in der Bar einen Saft trinken.»

Dummì nuckelt an seinem Strohhalm und sitzt auf dem Hocker vor dem Spielautomaten. Alma und ich trinken einen Anislikör. Sicher schaut Elisabetta inzwischen wieder auf die Straße.
«Ich bin Grundschullehrerin.»
«Verheiratet?» fragt sie.
«Nein», sage ich, «dafür ist kein Platz, außerdem habe ich nur Zeitverträge.»
Jeder, der in die Bar kommt, starrt uns an. Meine gesamte Person nimmt ihren Blick genauso lang gefangen wie Almas Hintern. Ein Typ mit der dunklen Sonnenbrille eines Schmalzsängers hebt Dummì auf einen anderen Hocker, um Strip-Poker zu spielen. Ich suche nach einer Frage, die ich dieser Frau stellen könnte, nach einer Frage, die nur zu ihr paßt. Eine, die mir keiner stellen würde. Da mir nichts einfällt, gehe ich zur Kasse und sage beim Bezahlen: «Ich wohne ganz in der Nähe, wollt ihr kurz mit hochkommen? Dann kann sich der Kleine ein wenig ausruhen ...»
Die ganze Bar hält den Atem an und wartet auf die Antwort, Alma zieht das Kind ohne viel Aufhebens von seinem Hocker und folgt mir. Über die Schulter winkt Dummì dem Typ mit der Sonnenbrille zu. Und den kleinen nackten Frauen.
Ich stelle ihm alle Stofftiere vor, die ich besitze, aber er

 begeistert sich für das Spielzeug aus einem Überraschungsei, das mehrere Ostern alt ist, klettert dann aufs Bett und schläft ein. Er muß eins von den Kindern sein, die daran gewöhnt sind, überall einzuschlafen. Trotzdem rücken wir das Bett von der Zimmermitte an die Wand und sichern die andere Seite mit Kissen.

Ich schaue auf die Uhr und stelle mir vor, wie meine Sportlerin mit den Aufwärmübungen beginnt, wie Dummì zu träumen beginnt und wie Elisabetta mich wieder anschaut.

Dann schaue ich Alma an: Ihr Mißtrauen ist so groß wie meins. Genauso viele Fragezeichen. Ich stelle meine Wohnung, sie den Schlaf ihres Kindes.

Ich packe meine Tasche und beschließe, unten zu duschen: Eine Gelegenheit, mich in der Umkleide aufzuhalten, vielleicht ergibt sich ein Gespräch, man sagt seinen Namen ...

Ich stelle meine leere Wohnung, sie den Schlaf ihres Kindes.

«Brauchst du irgendwas?»

«Ein Handtuch ... ich habe hier in der Nähe gewohnt, bei der Schwester von dem Typen im Auto ... sie ist meine Freundin ... ich hab mein ganzes Zeug dort ...»

«Okay, ruf sie an, mach, was du willst, ich gehe zwei Stockwerke tiefer ins Fitneßstudio ... wenn du was brauchst ... in einer Stunde bin ich wieder da.»

Ich bin wirklich viel zu spät, aber diesmal schläft die höhere Gewalt auf dem Bett. Ich gehe schnell hinein, werfe die Tasche in die Umkleide, rufe der Sekretärin «ciao» zu, die mir hinterherschreit: «Duschst du heute nicht oben?»

Warum kümmerst du dich nicht um deinen eigenen Mist?
Was geht dich das an? Reicht es dir nicht, daß du bis jetzt das Wasser für mich gespart hast?

«Der Durchlauferhitzer ist kaputt.»

Als ich endlich die Bühne betrete, ist sie nicht da. Deshalb gehe ich zurück in die Umkleide, vielleicht war sie in der vorhergehenden Stunde da, aber auch dort ist sie nicht. Ich quäle mich ungeduldig durch die Stunde und denke, daß ich die Dusche nutzen kann; um die nächste abzuwarten, aber sie kommt nicht – sie ist nicht da. Ein Trupp Blondinen im Top marschiert an mir vorbei.

Bereits auf der Treppe muß ich niesen und stelle mir vor, wie sich die Piercingfrau im Auto an ihren Freund klammert und meine Wohnungstür sperrangelweit offensteht.

Aber die Tür ist zu: Alma wäscht im Waschbecken einen orangefarbenen Slip, ich lächle, stürze mich auf die Zigaretten und werfe einen Blick auf die Schubladen: Als die erste Rauchwolke aus meiner Lunge aufsteigt, fragt mich Dummì nach einer Zigarette, und ich werfe meine vom Balkon: «Falls du nicht dorthin zurück willst, könnt ihr bis morgen hierbleiben, also, wenn du magst.»

Alma sagt ja und daß sie heute auf keinen Fall zurück kann, weil er da ist. Daß sie nichts dabeihat, aber auch nichts braucht.

Da meine Wohnung nicht mit Kinderstühlchen ausgerüstet ist, essen wir gemeinsam am Fernsehtisch. Ich frage sie per Handzeichen, ob der Scheißkerl Dummìs Vater ist, und sie schüttelt den Kopf, geht aber nicht weiter auf das Thema ein. Ich weiß nicht, ob ich erleichtert sein soll. Voller Zweifel nehme ich Dummì auf den Arm und verbringe den Rest des Abends damit, ihm an den Fingern Abzählreime aufzusagen.

In dieser Nacht schlafe ich zum ersten Mal in meiner Wohnung auf dem Klappbett.

Am nächsten Morgen fängt Betta mich beim Klassenbuch ab.

«Und? Habt ihr geredet? Wer ist der Scheißkerl?»

«Beruhige dich! Ich habe keine Ahnung: Das Kind ist nicht von dem Scheißkerl, der Scheißkerl wohnt mit seiner Schwester in der Salita Principi, und ihr Zeug ist dort. Punkt. Das einzige, was sie sich immer wieder fragt, ist: ‹Warum an der Mautstelle?›»

«Mein Gott – warum an der Mautstelle? Warum ist der so ein Scheißkerl!»

Dann denkt sie über meine Antwort nach und sagt: «Salita Principi ... dann dealt der oder, noch schlimmer, läßt dealen ...»

«Sie haben bei mir übernachtet.»

«Was? Bist du wahnsinnig? Hast du meinen Blick nicht gesehen?»

«Eben, was sollte dieser Blick heißen? Du wolltest, daß ich etwas unternehme, deshalb habe ich ihnen angeboten, bei mir zu bleiben ... übrigens sind sie immer noch in meiner Wohnung.»

«Die ist echt nicht normal! Mein Blick sollte heißen: Mach keinen Scheiß! Und wenn die jetzt den Dealer holt?»

«Betta, ich teile mit der Bevölkerung der Salita Principi die Gemüsetheke im Supermarkt und habe noch nie Koks zwischen den Radieschen gefunden, also hör mit den Verallgemeinerungen auf und erinnere dich daran, daß wir sie gemeinsam aufgegabelt haben.»

«Na und, was soll das heißen ...»

«Eigentlich hattest du sie aufgegabelt.»

«Gut, aber ein paar Fragen hättest du ihr ruhig stellen können.»

«Ich habe sie gefragt, ob sie ein paar Tage bei mir bleiben will. Dann habe ich mir von der Hausmeisterin den zweiten Schlüssel geben lassen, aber falls du sie etwas Bestimmtes fragen willst, heute abend lade ich euch zu mir zum Essen ein.»

Dann rufen wir uns zur Ordnung, denn Giuseppe aus der ersten Bank hat bereits begonnen, mit Hilfe der zum Schraubenzieher umfunktionierten Kappe seines Kugelschreibers seinen Stuhl auseinanderzunehmen.

Sobald ich kann, denke ich wieder an meine Sportlerin. Nach zwei Tagen Abstand kommt sie mir vage und weniger real vor, bewegt mich aber trotzdem wie etwas Neues, wie eine Möglichkeit, von der ich nichts wußte. Sicher sollte ich einem so ungewissen Glücksgefühl nicht nachgeben. Vielleicht ist es nicht von Bedeutung, daß ich an sie denke, aber es hält mich aufrecht. Ich erschaffe sie aus der Erinnerung neu, angefangen beim Bauchnabel, und finde sie schön. Schöner jedenfalls, als an der Mautstelle verlassen zu werden, und sicherlich schöner und würdevoller als diese schmutzige verfallene Mauer, die meine Kinder umgibt ... Alle Traurigkeit in mir drückt plötzlich gegen meinen Brustkorb, ohne daß ich etwas dagegen tun kann. Zwar klammere ich mich an die Vorstellung ihrer schwarzen Haare und wie sie bei der Übung die Beine bewegt hat, aber ich bin schwach und falle leicht auf etwas herein.

Wenn ich so anfange, lasse ich mich schnell runterziehen, aber ich wehre mich nicht, denn normalerweise mache ich beim Gedanken an den Tod kehrt.

An dieser Mauer wächst der wilde Wein, den ich gemeinsam mit den Kindern gepflanzt habe. Das war eine Idee meiner Mutter, als sie hörte, wo ich gelandet bin. So fing alles an: Als Botanikerin suchte sie die geeigneten Pflanzen aus, und die Schule ließ sie sich vom Flughafen schenken, der dafür um Verzeihung bat, daß er sämtliche Düsenflugzeuge Europas über unsere Köpfe jagt. Die Kinder gruben Löcher, warfen sich auf die Erde, fanden Frösche, bepflanzten das Beet und säten Grassamen aus. Für meine Mutter begann immer alles bei den Pflanzen, auch unsere Beziehung: Die ganze Welt, von der ich sie ausschloß, alles, was wir hätten teilen können, verdichtete sich in diesem Beet, auf dem sich mein Tribut an die Kindheit und ihr Tribut an die Botanik begegneten und Gefallen aneinander fanden.

Damals lernte ich innerhalb weniger Minuten alles über sie. Ich bin wie sie und vergebe uns beiden. Seit sie tot ist, gehe ich oft nach Schulschluß zu dieser Mauer und zähle die jungen Blätter.

Ich beschließe, daß es keinen Sinn hat, ins Fitneßstudio zu gehen, und kümmere mich lieber um das Abendessen. Ich taue alles auf, was aufgetaut werden kann, und lade Betta, ihren Mann und ihren Bruder Luca ein, der ein klasse Typ ist. Irgendwann haben wir uns signalisiert, daß wir es gern miteinander treiben würden, aber dann ist nichts passiert, und deshalb bewegen wir uns bei jedem Treffen in einer Atmosphäre des Unerfüllten.

Als Alma und Dummì zurückkommen, duftet die Wohnung nach Paprika und Basilikum, der ausgezogene Tisch ragt bis ins Schlafzimmer hinein, und Dummì kriecht darunter hindurch, um ins Bad zu kommen. Dort macht er Pipi ins Bidet, im Sitzen, wie ein Mädchen.

«Morgen hole ich bei meiner Freundin ein paar Sachen ab, weil ich am Sonntag fahre.»

«Du fährst? Und wohin?»

«Zu meiner Schwester nach Rom, bei der ist alles in Ordnung, ich meine ... Papiere, Wohnung und so.»

Mir fällt keine Frage mehr ein – ich habe dieser Frau nicht viele Alternativen gelassen. Ich schaue sie an, und sie ist genauso neugierig wie ich.

Ich entkorke den Aglianico.

Betta hat die Begabung, mich davon zu überzeugen, daß die Zugehörigkeit zum weiblichen Geschlecht ein großes Glück darstellt, und ihre Argumentation endet immer mit demselben unanfechtbaren Beweis: «*Vid' a cchisto* – schau dir den an!» sagt sie und zeigt auf ihren Mann, der sich daran gewöhnt haben muß, denn er akzeptiert diese Rolle resigniert und wagt keinen Widerspruch.

 Während Betta und ich uns in Phantasien über nur von Frauen bevölkerte Welten verlieren (die Variante wäre eine, in der Männer als Sklaven gehalten werden), wo man sich über wichtige Dinge in Gedanken verständigt und die Stimme nur dazu dient, sich reden zu hören, schüttet Alma Luca ihr Herz aus und erzählt ihm wahrscheinlich all das, was sie mir nicht sagt. Das geht mir ein wenig auf den Geist, und mein Kopf dreht sich sowieso. Ganz eindeutig sind Luca und ich so betrunken, daß wir die Atmosphäre des Unerfüllten nicht mehr wahrnehmen, und die ganze Paprika wird anderen Bettstätten zugute kommen. Außerdem liegt auf meiner Dummì und schläft.

Ich stehe auf und gehe ins Schlafzimmer. Sein Schlaf duftet nach geriebenem Apfel.

Als ich zurückkomme, sind die Würfel gefallen: «Kannst du Alma dazu überreden, mit mir ein Eis essen zu gehen, komm, Betta, sag doch was», drängt er.

Betta sagt nichts – ich muß ein fürchterliches Gesicht machen. Trotzdem kriege ich noch eine schamlose Lüge hin: «Wirklich, Alma, ich bleibe bei Dummì, geh nur!»

«Wir fahren bloß ans Meer und kommen dann zurück, los. In einer halben Stunde sind wir wieder da», sagt er.

«Okay, na, dann danke und gute Nacht!»

«Gute Nacht», sage ich und drücke ihm die stinkendste Mülltüte der ganzen Stadt in die Hand.

Geh schon! Bevor die Wirkung des roten Nektars von den Hängen des Vulture nachläßt, lege ich mich ins Bett und schlafe bei dem Gedanken ein: «Gibt es in dieser Stadt ein Meer?»

Dummì wacht früh – sehr früh – auf und schreit: «Mama, Pipi, was machst du? Biccotto, Cietto, Palla.» Ich tauche aus einem so tiefen Schlaf auf, daß ich das Gefühl habe, bei der Signora ein Stockwerk tiefer geschlafen zu haben, erklimme die Matratze und bitte ihn, das noch mal zu sagen, weil ich nicht verstanden habe. Aber die Mama auf dem Klappbett hat sehr gut verstanden und geht zu ihm. Ich sehe, daß es ihr noch schlechter geht als mir, aber da es ihr Kind ist, muß sie es ausbaden.

Diesen einsamen Samstag will ich folgenden Aktivitäten widmen, und zwar in dieser Reihenfolge: Depilieren, Anruf bei Luca, Fitneßstudio (letzter Versuch).

Natürlich rufe ich als erstes Luca an: «Aufwachen, es ist schon spät!»

«Hä?»

«Luca, ich will gar nicht wissen, was ihr gemacht habt, ich will einfach nur etwas mehr über sie wissen ...»

«Was soll das werden – ein Kreuzverhör? Vor einer halben Stunde hat meine Schwester angerufen ... Was willst du denn noch wissen: Sie kommt her, um als Dienstmädchen zu arbeiten, er schickt sie dealen, die Schwester paßt auf das Kind auf ...»

«Mein Gott! Konnte er nicht die Schwester dealen schikken?»

«Was?» lacht er, «glaubst du, daß einer wie der seine Schwester nach neun Uhr abends auf die Straße läßt?»

«Na gut», sage ich. «Und dann?»

«Dann haben sie sich ein bißchen verliebt, ist nicht ganz klar, trotzdem ist das an der Mautstelle passiert, und deshalb ...»

«Deshalb was?»

«Keine Ahnung, an der Mautstelle war alles aus, und das einzige, was sie sich fragt, ist: Warum gerade dort? Aber was geht euch das an? Hätte sie euch all ihre Privatangelegenheiten erzählen müssen, nur weil ihr sie aufgegabelt habt, ohne daß sie euch darum gebeten hat?»

«Meine Güte, wie bist du denn drauf? Schlaf noch 'ne Runde und entschuldige.»

«Ist schon okay ...»

Mit dem Gefühl, mir die falschen Fragen und sowieso zu viele zu stellen, teile ich meinen Körper in Gedanken ein in Mund/Kinn, Achseln, Bikinizone, Beine/Zehen und fange an: Enthaarungscreme, Kaltwachs, Rasierklinge, Elektrorasierer und Epilierer. Hat man Darwin erst einmal verleugnet, wird man das sein Leben lang auf jede nur erdenkliche Art tun – jede Frau, die das Gegenteil behauptet, ist eine Lügnerin, und jeder Mann, der ihr glaubt, ein Idiot.

Zu den körperlichen Qualen kommen die seelischen: Beim Klang von Lucas verschlafener Stimme ist mir klargeworden, daß ich wirklich gern neben ihm aufgewacht wäre, aber ich weiß auch, daß ich nicht die richtigen Signale gesandt habe, daß ich es gar nicht erst versucht habe, sondern mich den ganzen Abend hinter den misanthropischen Diskussionen mit Betta verbarrikadiert habe.

Eigentlich ist Vögeln nur bis zu einem bestimmten Punkt möglich gewesen. Danach wurden die Männer in meiner Gegenwart impotent. Während meine Erkenntnis wuchs, schwand ihre Erektion. Je größer meine Lust wurde, es mir selbst zu machen, das heißt je freier und unabhängiger ich

beim Sex wurde, um so weniger waren die Männer imstande mitzumachen. Früher hatte es mir Spaß gemacht oder mußte eben sein, aber damit war das Kapitel irgendwann für mich abgeschlossen gewesen.
Das Beste daran ist, daß ich diesen Zustand gar nicht verändern will. Man könnte auch sagen, daß es mir egal und recht so ist, auch wenn mich Lucas Stimme verwirrt. Das ist keine wirkliche Entscheidung: In diesem Augenblick meines Lebens kann ich nicht anders. Deshalb zünde ich mir eine Zigarette an, denn in einer Stunde gehe ich ins Fitneßstudio und werde morgen sowieso ein bißchen Halsschmerzen haben.

Während ich unglaublich früh die Treppe hinuntergehe, mache ich im Licht dieser Analyse folgende Feststellung: Die Tatsache, daß die Sportlerin mir gefällt, ist keine Folge meines Männerproblems, sondern hat eine eigene Würde. Diese Tatsache existiert, und zwar zugleich und trotzdem, dennoch und nichtsdestoweniger.
Ich sage hallo und gehe in die Umkleide. Sie dreht sich um und schaut mich an.
Ich sehe zwei Dinge: im Hintergrund zwei, die sich in einer Dampfwolke unterhalten, und die Überraschung auf ihrem Gesicht.
«Kommst du sonst nicht immer zu spät?»
Mein Gott, sie hat es bemerkt. Oder genauer: Sie hat mich bemerkt. Ich erkläre ihr die Sache mit der höheren Gewalt, die mich zurückhält, und sie folgert: «Also muß da heute eine andere höhere Gewalt sein, die stärker ist und dich pünktlich hierhergebracht hat ...»

Die Erwartungen, die man ans Leben stellt, sind unterschiedlicher Natur: Der Topf kommt auf den Herd, weil man erwartet, daß das Wasser kocht. Man spielt Lotto, weil man erwartet zu gewinnen, wundert sich aber nicht, wenn das nicht passiert.
Heute sind meine Zahlen gezogen worden.
Alles, was ich über die Liebe verlernt zu haben glaubte, fiel mir plötzlich wieder leicht. Ich hatte unzählige Pfeile im Köcher, auch wenn ich sie für andere Ziele geschmiedet hatte, und war so verführerisch, geschickt und einfallsreich wie nötig. Es wurde eine olympiareife Gymnastikstunde: Wir hatten die besten Plätze rechts und links von der Trainerin und waren unermüdlich. Bei den Bauchmuskelübungen habe ich gedacht, «ganz schön brutal», aber es war wunderschön.

Keine von uns beiden hat im Fitneßstudio geduscht: Ich bin hochgegangen und sie ins Haus gegenüber (gegenüber!), aber wir haben Telefonnummern und Namen ausgetauscht und ausgemacht, daß sie sich morgen meldet und wir uns treffen. Sie heißt Paola.
«Paola!» rufe ich, als ich in die Wohnung komme.
«Paola», sage ich zu Alma.
«Paola!» wiederholt Dummì und stürzt sich auf mich. Er denkt, daß das ein fröhliches Wort ist, weil wir uns wiedersehen, und das ist es auch. Ich hebe ihn hoch, trage ihn zum einzigen Fenster der Wohnung, das zur Straße hinausgeht, und zeige ihm ihr Haus. Als ich mit ihm in der ganzen Wohnung herumknuddle, stolpere ich fast. Der Haufen Ta-

schen, Tüten und geblümter Stoffbeutel ist kein Hartschalenkofferset mit Beauty Case und zeugt von einer anderen Art von Reise, die in jedem Fall für jemanden schmerzhaft sein wird.
Alma sagt: «Unser Zug fährt morgen sehr früh.»
«Dann haben wir keine Zeit zu verlieren, komm schon, wir gehen ins Edenlandia!»
Die Wildwest-Eisenbahn ist der vertrauenerweckendste Zug, mit dem ich je gefahren bin: Nach einer schönen langen Rundfahrt bringt er dich zum Ausgangspunkt zurück. Alma und ich essen vornübergebeugt eine zusammengeklappte Pizza, um möglichst wenig Schaden anzurichten, und Dummì gibt uns einen genauen Bericht vom Grand Canyon.
«Wie geht's dir, Alma?»
«Es geht, nicht gut, aber ich habe gemerkt, daß es zwischen uns zu Ende geht, und wußte, daß ich verschwinden muß, wenn es aus ist. Warum gerade an der Mautstelle, weiß ich nicht.»
«Warum an der Mautstelle ... ist das so wichtig?»
«Hör zu, mein Leben ist nicht so geordnet wie das meiner Mutter oder deins mit deinen Vertretungen in der Schule. Welche Fragen soll ich mir stellen? Vielleicht weiß ich gar nicht mehr, wie ich hier gelandet bin. Ich hab's mir nicht ausgesucht, vielleicht weiß ich nicht mal mehr, wie ich Domenico bekommen habe oder von wem. Aber jetzt ist er da, und ich bin hier, und wenn ich zehn Jahre zurückdenke, bin ich immer noch dieselbe, nur war ich damals auf Santo Domingo. Ich weiß nicht, wie Dinge entschieden werden,

 aber ich weiß, daß sie sich irgendwann ändern, und jedesmal denke ich: Da hat es sich geändert, heute ist es anders. Warum, weiß ich nicht.»
Ganz eindeutig stelle ich mir zu viele Fragen und fast immer die falschen.

Heute bräuchte ich zwei Herzen: eins, um so, wie es sich gehört, von diesem Kind und seiner Mutter Abschied zu nehmen, und ein zweites, um auf Paolas Anruf zu warten. Ich muß mit einem zurechtkommen und rufe ein Taxi. Unterdessen jammere ich leise, daß ich kein Handy habe, denn ich will die beiden zum Bahnhof bringen. Aber in den sechs Minuten, bis das Taxi kommt, ruft Paola an: «Die haben eine neue Metrostrecke eröffnet – wollen wir uns das anschauen?»
Natürlich wollen wir das.
Im Taxi ist Dummì sehr still und ein wenig müde, der Bahnhof hingegen ist chaotisch und fröhlich. Heute haben alle Frauen und Männer aus dem Osten frei und treffen sich auf dem Bahnhof, um zu essen und zu trinken, vor allem trinken sie sehr viel. Die Nordafrikaner an ihren Ständen nutzen die Gelegenheit, um die großen Blondinen anzubaggern. In ein paar Jahren werden in dieser Stadt zum Glück viele kleine Dummìs herumlaufen.
Ich löse den Intercity-Zuschlag für Alma, das ist das mindeste, und bringe sie zum Gleis. Alma sagt: «Viel Glück!»

Wir sind daran gewöhnt, nur dann mit der Metro zu fahren, wenn wir Zeit haben, denn wenn wir in Eile sind, lassen wir das lieber. Damals haben sie behauptet, aufgrund der Bodenformation wäre es leicht, weitere Haltestellen einzurichten, und haben eine Baustelle eröffnet.

Fünfzehn Jahre lang haben Paola und ich, ohne uns zu kennen, auf die Blechlatten derselben Baustelle gestarrt.

Und jetzt ist dort auf einmal eine feuerrote Metrohaltestelle, aus der Hunderte Touristen strömen, als sei das normal. Diese Europäer haben ja keine Ahnung, daß sie bereits mehrmals Bettas Unterrichtsstunde über die Ökosysteme unterbrochen haben, um hier angedonnert zu kommen. Jetzt hasten sie in Richtung Museo Nazionale und wissen noch nicht einmal, daß die Hauptattraktion dieser Piazza die Metro ist.

Paola und ich fahren Rolltreppe und zeigen erstaunt auf die Mülleimer.

120 2.

Sie hat mir eine Nachtkerzenblume geschenkt.
Sie kam abends vorbei, als ich mich alt fühlte und dem Fisch beim Auftauen zuschaute.
«Ciao!»
«... Ciao ...»
«Das hab ich dir mitgebracht!»
«Oh, danke ...»
Ich schlurfe in meinen Pantoffeln mit der Pflanze im Arm in die Küche und drehe ihr den Rücken zu. Im Flurspiegel sehe ich, wie sie lächelnd die Tür schließt. Dann kehre ich auf meinen Posten zurück.
«Seit wann hockst du hier?»
«Seit ich beschlossen habe, heute abend Goldbrasse zu essen, und sie zum Auftauen auf den Teller gelegt habe», antworte ich, stütze die Ellbogen auf den Tisch und den Kopf in die Hände.
Paola fängt an zu singen, holt sich einen Schluck kalten Fünf-Uhr-Kaffee und fläzt sich in den Sessel: «Heute habe ich den ganzen Vormittag das Büro für Jugendpolitik gesucht. Das ist in einer Gasse oben in Materdei, und ich habe mich hundertmal verlaufen. Irgendwann habe ich in einer Bäckerei nach der Adresse gefragt, und der Bäcker hinter der Theke hat gesagt: ‹Hinter mir. Sehen Sie, wo ich stehe? Genau hinter mir›, also bin ich raus und um das Haus gegan-

gen und habe dabei die ganze Zeit versucht, mir die Position des Bäckers in seinem Laden vorzustellen. Dann bin ich zwei Maurern gefolgt, die nach Mortadella rochen, und die Straße war voller Leute – arbeitet in dieser Stadt eigentlich keiner?»
«Ich habe gearbeitet», sage ich beleidigt. Ohne meine Position zu verändern, betrachte ich die Nachtkerzenblume.
Die Pflanze tut mir weh. «Das wäre aber nicht nötig gewesen», sage ich und weise mit dem Blick darauf, «ist ja nicht mal ihre Saison.»
Paola erzählt weiter: «Als ich endlich das Haus gefunden habe, ist vor mir ein Mann hineingegangen, der gegen den Fahrstuhl gespuckt hat – richtig gespuckt – und gesagt hat: ‹Immer kaputt!› So hat mein Tag angefangen, aber deiner war bestimmt schlimmer, wenn ich sehe, wie verbissen du den Fisch bewachst!»
Ich muß lachen und komme langsam zu mir, aber sie ist noch nicht fertig: «Jedenfalls habe ich alles geschafft, was ich erledigen wollte, und als ich auf der Rückfahrt aus dem Bus gestiegen bin, hat mir der Kontrolleur auf die Beine gestarrt und gesagt: ‹*I che bella jurnata!* Wunderschöner Tag heute!› Und der Fahrer hat geantwortet: ‹Frauen sind nachts schön, nicht tagsüber.› Da habe ich an dich gedacht und dir eine Nachtkerze gekauft – die blüht nachts und ist wunderschön, so wie du.»
Ich lächle die Pflanze an, und ihre Blätter rascheln ein bißchen. Deshalb stecke ich einen Finger in die Erde und merke, daß sie trocken ist und bröckelt: «Die muß umgetopft werden», sage ich und stehe auf.

 Das sind die Rückzugssignale der Depression, die wieder Raum für Einzelheiten läßt: Ich habe das Schlimmste überstanden, wenn ich ein verwelktes Blatt oder einen neuen Schädling entdecke.
Als ich in die Küche komme, füllt Paola die Goldbrasse mit Petersilie und Knoblauch. Es gibt nichts Schöneres, als wenn jemand für dich kocht, und außerdem sind ihre Beine wirklich unglaublich.

Paola verschwendete ihre Zeit in allen möglichen Büros, weil sie ausgerechnet hatte, daß es mehr Kinder in der Stadt gibt als staatliche Kindergartenplätze.
Als sie einen Blick in den Eingangsbereich des Schulamts geworfen hat, sah sie, daß die Wand, an denen sich die Anwärter für die Stellen im Kindergarten eintragen sollten, tragisch mit Namen tapeziert war. Da hat sie eins und eins zusammengezählt und beschlossen, einen Stadtviertelkindergarten nach französischem Vorbild zu eröffnen, und seitdem ist das, was sie am häufigsten gesagt hat, «Leck mich!» gewesen.
Der verlockendste Vorschlag war der einer Gemeinderätin: «Der Ratsherr und ich haben wirklich alle Möglichkeiten erwogen, sind aber zu keinem Ergebnis gekommen, wir wissen einfach nicht, wie das bewerkstelligt werden könnte. Machen wir es doch einfach so: Schreib einen Projektantrag und laß ihn mir informell ohne Unterschrift zukommen. Ich schlage der Kommission das Projekt vor und melde mich bei dir.»
Paola beschimpft niemanden ohne Grund. Sie ist Politik-

wissenschaftlerin und arbeitet als wissenschaftliche Mitarbeiterin der Universität an einem Entwicklungsplan für die Region. Ihre ganz persönliche Interpretation des Wortes «Entwicklung» hilft ihr zwar nicht weiter, aber sie ist über alle von der EU bewilligten Fördermittel für Südeuropa informiert und konnte sich mit einem detaillierten Bericht von zweihundertdreißig Seiten Zugang zu einem dieser Gelder verschaffen. In der Zeit, die die EU-Kommissare brauchten, um den Bericht zu lesen, hatte Paola die räumliche und zeitliche Kluft, die unsere Stadt von Straßburg trennt, überwunden.

Als sie mir den Bericht gegeben hat, habe ich ihn nicht gelesen, sondern nur hin und her gedreht und gefragt: «Was steht da ungefähr drin?»

«Da steht drin, daß diese Stadt fruchtbar ist und zu jeder Tageszeit Kinder aus ihren Toren spuckt, daß jedoch die institutionelle Früherziehung stärker vernachlässigt wird als in jeder anderen Stadt Europas ... man könnte sagen, daß das meine Chance ist.»

Deshalb sind wir nach Mitternacht hier und putzen den Boden dieser Wohnung, die die Kommune aus konfiszierten Camorra-Immobilien herausgefischt und uns zur Verfügung gestellt hat. Nachdem wir die geblümten Wände gestrichen und die schwarze Badewanne mit den Löwenfüßen in lauter kleine WCs verwandelt haben, müssen wir uns nur noch eine Geschichte für die schwere bordeauxfarbene Panzertür ausdenken, denn wir haben kein Geld für eine neue. Den Mädchen gefällt sie bestimmt.

Die Luft ist wunderbar und riecht nach Sommer und Gera-

 nien, aber im Viertel ist man mißtrauisch, und aus dem Haus gegenüber beobachtet mich ein Mann. Ich fange an, die Fenster zu putzen, ziehe die Schuhe aus, steige auf die steinerne Fensterbank, die um diese Uhrzeit noch warm ist, und lasse viel Wasser über die Scheiben laufen. Als ich nach dem Mann Ausschau halte, starrt der immer noch herüber, und dieser unbefugte Blick auf meine Nacht erdrückt mich. Vielleicht steht Paola ein paar Fenster weiter genauso da, und der Eindringling kann ihr dabei zusehen, wie sie ihre Idee verwirklicht, ihre Mühe schwitzt und glücklich ist ... als ich gerade nach ihr rufen will, wird meine Stimme von einem Aufschrei aus dem Stockwerk unter uns übertönt: «*Che maronna!!* Hier läuft das ganze Putzwasser runter – das fängt ja gut an, um diese Uhrzeit!»
Man muß die Signora verstehen: Die neue Verwendung der Immobilie paßt ihr nicht.

Ich zähle die Kacheln meiner Wohnung. Jede Kachel mißt fünfundzwanzig Zentimeter, was bei zwanzig Fliesen fünf Meter macht. Ich zähle lange, und aus den Metern werden Quadratmeter. Dann rechne ich Flur und Küche dazu und das Bad mit der Dusche: Auch das zählt als Wohnfläche. Danach setze ich mich hin, stehe wieder auf, schminke mich und warte auf sie. An der Tür fange ich sie ab: «Willst du zu mir ziehen?»
«Ja.»
«Der Umzug ist kein Problem, du mußt nur auf die andere Straßenseite ...»
«Ja.»

«Dann bist du näher am Fitneßstudio.»
«Ja.»
«Sag mir Bescheid, wenn du dich entschieden hast.»

Noch am selben Abend hat sie angefangen, ihre Sachen rüberzutragen. Keine Ahnung, ob ihr das schwergefallen ist, sie sagt mir nie, wie etwas läuft oder ob es läuft. Aber vor dem Aufzug hat sie gesagt: «Das Gemeine war nicht das mit dem Fitneßstudio, sondern daß du gesagt hast, es ginge nur darum, die Straßenseite zu wechseln.»
Das ist ihre Art: Sie wirft dir dann etwas an den Kopf, wenn sie genau weiß, daß du keine Zeit hast zu antworten. Und ich habe mich tatsächlich dabei erwischt, wie ich mit dem Aufzug diskutierte.

In den nächsten Tagen, als es bereits zwei Schlüssel und zwei verschiedene Sorten Milch im Kühlschrank gab, hatte ich jedesmal, wenn ich von der Arbeit nach Hause kam, Angst, daß die Wohnung enger oder zu eng geworden ist.
Statt dessen ist sie größer geworden. Für jeden Gegenstand, den Paola mitgebracht hat, ist neuer Raum entstanden, für jeden ihrer Schritte eine neue Kachel, die Gerüche ihres Körpers und ihres Deos machen die Luft im Bad frischer, die Hupen verstummen, wenn sie spricht, und obwohl die Schule fast zu Ende ist und die Sonne auf die Häuser herabbrennt, obwohl die Thermometer an den Apotheken bereits zweiunddreißig Grad anzeigen, steigt die Temperatur in unserer Wohnung nicht über zwanzig Grad. Auch wenn die Balkontür offensteht.

Meine Trauer fängt an, wenn die Schule aufhört. Juni: Ich verkrieche mich in der Wohnung und leide am Verlust. Der Gedanke, daß ich im September wahrscheinlich wieder anfange, ist so weit weg, als ob er in ein anderes Leben gehört. Meine Stelle ist bereits an jemand anderen vergeben, der mit großer Wahrscheinlichkeit besser ist als ich.

Der Bessere wird zu den Kindern sagen: «Ihr seid hinterher mit dem Stoff, was hat die Lehrerin letztes Jahr überhaupt mit euch gemacht?»

Mit mitleidslosen roten Strichen wird er die Schulbücher, die ich ausgesucht habe, von der Liste streichen. Dann wird er auf meinen wilden Wein pissen, bis der in den Ammoniakpfützen verkümmert. Die Wasser der Zeitverträge, die Alma als sicheren Hafen ansieht, sind still und stagnieren. Dieses Schuljahr bin ich noch darin geschwommen und halte das für eine mir angemessene Situation. Paola wirft mir Bequemlichkeit und Resignation vor, sie sagt, ich laufe wie ein Gespenst durch die Wohnung und bin nicht da, und wenn ich da bin, sage ich die falschen Dinge.

Aber für mich sind das Gehalt, das Schuljahr und die Außenwelt weg, während sich bei ihr gerade jetzt etwas tut.

Ich nutze alle mir verbliebene Energie, um mir Kataloge aus den Reisebüros zu besorgen, und stürze mich in Berechnungen von Buchungsgebühren, Flugpreisen und Doppelzimmerzuschlägen. Die Beziehung zu Paola ist meine Wohnung, meine Angst und meine Langeweile, die sich leicht berechnen läßt, wenn man den Hochsaisonzuschlag und die Flughafengebühren dazurechnet, alles mal zwei. Aber Paola besteht darauf, alles zu teilen, Paola ist abwesend und mit

anderem beschäftigt. Ich rolle mich auf dem Bett zusammen, rauche in schnellen Zügen auf dem Balkon und gehe immer seltener ins Fitneßstudio, während sie von einem Ende der Stadt zum anderen sprintet, nur Joghurt mit 0,1 Prozent Fett ißt und alle mit ihren Blicken verzaubert.
Jedesmal, wenn sie sich mir entzieht, rechne ich einen weiteren Urlaubstag hinzu.
Als ich ihr den Reiseplan vorlege, sagt sie: «Du machst zu viele Vorschläge und fast immer die falschen, verdammt noch mal, hilf mir mit dem Kindergarten, ich habe viel zuviel zu tun.»
Ich sage: «Das schaffst du sowieso nicht allein, du brauchst eine Sekretärin. Und eine Reise mit mir.»
«Ja, ich brauche eine Sekretärin. Fällt dir da jemand ein?»
Ich kann mich nicht konzentrieren, wenn sie mir die Sätze und Gedanken so gemein abschneidet.
Dann fällt mir Alma ein: «Ich kenne eine alleinerziehende Mutter, die eine hübsche Schwarzarbeit gebrauchen könnte, du weißt schon; irgendwas, das ihr Sicherheit und die Staatsbürgerschaft gibt.»
«Ich brauche jemanden, der zumindest Italienisch kann.»
«Das kann sie, jedenfalls besser als die Mütter, mit denen du zu tun haben wirst, ich könnte sie in Rom anrufen und fragen, ob sie Lust hat zu kommen, was meinst du?»
«Kann sie auch Italienisch schreiben?»
«Besser als sprechen! Du solltest mal ihre Briefe lesen!»
Das ist eine schamlose Lüge, aber der Gedanke, Dummì wiederzusehen, lindert meinen Schmerz bereits ein wenig. «Aber ich helfe dir natürlich trotzdem.»

 «Wunderbar», sagt sie, «darf ich fragen, welche Aufgabe du übernehmen willst?»
Ich habe eine Liste, die ich in Gedanken herunterbete wie einen Rosenkranz: Handeln / nicht handeln, Mann / Frau, Vater / Mutter, Anwesenheit / Abwesenheit.
«Es ist gar nicht so, daß ich nicht mit dir verreisen will, aber nicht jetzt, nicht in diesem Jahr. Jetzt ist mein Platz nicht bei dir an irgendeinem Strand, ich brauche einen anderen Rhythmus, lebe einen anderen Sommer.»
«Das verstehe ich nicht», sage ich zu ihr, «ich verstehe dich nicht.» Aber ich habe verstanden.
Heldenmütig reiße ich mich von ihr los und reise innerhalb von vierundzwanzig Stunden ab. Vorher folgen wir noch dem Schmerzritual und streiten. Auf diese Art erscheint uns die Trennung notwendiger.

Aus diesem Sommer sind mir nur zwei Briefe in Erinnerung geblieben. Sie kamen an dem Tag an, als ich nach Forte dei Marmi abgereist bin, und Paola hat sie mir zusammen an die Adresse nachgesandt, die ich ihr gegeben hatte. Ich habe den Umschlag mit Paolas Handschrift sorgfältig aufbewahrt, um darauf nach einem Satz oder einem Sinn zu suchen. Natürlich habe ich nur die beiden ungeöffneten Briefe gefunden.
Einer war von Alma, der andere vom Schulamt. Seit drei Jahren schreibt mir das Schulamt jedes Jahr im August einen Brief voller Zahlen. Deshalb habe ich Almas Brief am Strand gelesen und mir den anderen für den Abend aufgehoben.
Ich habe einen komischen Typen aus der Emilia-Romagna

besucht, über den ich mich gewundert hatte, als wir bei einem Kongreß auf Capri ein Zimmer teilten und er mich vollkommen in Ruhe ließ. Single und hetero: sicher kein Zufall, daß ich gerade in diesem Sommer auf die Idee kam, mich bei ihm einzuladen. Jedenfalls hatten sie mir den gesamten Anbau ihrer Villa reserviert und einen ganzen Liegestuhl unter dem Familiensonnenschirm – in Poleposition am Strand. Kaum hatte ich meinen Bikini an, fragte mein Gastgeber: «Gehst du eigentlich nie ins Fitneßstudio?» Wunderbar.

Ohne mit der Wimper zu zucken, warf ich mich schwerfällig auf den Liegestuhl und vertiefte mich in meinen Brief. Er begann mit einer Kritzelei von Dummì, dann schrieb Alma weiter: Sie käme am 15. August, um Paola kennenzulernen, eine Unterkunft zu finden und dem Scheißkerl in die Eier zu treten. Ein Brief voller guter Vorsätze, fand ich.

Meinen Plan, jeden Tag zu schwimmen, verwarf ich, bevor ich überhaupt damit anfing, denn ich hatte das Meer satt, ehe ich eine Stelle fand, an der man nicht mehr stehen konnte – falls es so eine an dieser Küste überhaupt gibt. Nachdem ich mich kilometerweit ins offene Meer hinausgeschleppt hatte, kam es mir so vor, als müsse bald Sardinien auftauchen, und ich bekam einen Schreck und drehte um. Nachdem ich mich am späten Nachmittag von den Bis-zum-Bauch-Badern verabschiedet hatte und duschen ging, las ich den anderen Brief: ein Einschreiben mit der Mitteilung über meine Festanstellung.

Nach dreizehn Jahren Wartezeit, zwei an einer Privatschule, sieben Jahren Vertretung und zwei Lehrbefähigungsprüfungen bekam ich eines Abends in Forte dei Marmi den Bescheid, fest angestellt worden zu sein.

Vor mir breitete sich die ganze Welt aus, und diese Welt drehte sich im regelmäßigen, beruhigenden Rhythmus eines staatlichen Gehalts – dreizehnmal pro Jahr, jedes Jahr.

Ich wollte als erstes meine Mutter anrufen. Als mir einfiel, daß das nicht ging, wußte ich, daß ich es niemandem sagen konnte.

Deshalb bin ich über den frisch geharkten feuchten Strand bis zur Strandlinie gegangen, und mein Schatten wurde immer länger. Gern hätte ich so viel Meerwasser getrunken, bis ich mich vor Schmerz übergeben hätte, und so viel Sand gegessen, bis ich daran erstickt wäre.

Statt dessen habe ich einen Zigarettenstummel aufgehoben – vielleicht der einzige bis Viareggio. Der Bademeister, der gerade saubermachte, ist schnell auf mich zugelaufen und hat mir peinlich berührt eine Schaufel hingehalten.

«Kannst du mir nicht lieber Feuer geben?» habe ich zu ihm gesagt.

Ich bin zurückgegangen, ohne jemanden zu treffen, und in der höflichen Acht-Uhr-Atmosphäre über die Veranda mit den Korbmöbeln gegangen. Die, die mich gesehen haben, haben keine Fragen gestellt, und die mich gegrüßt haben, haben es mit einer stummen Geste getan, um sich gleich wieder in ihre Lektüre zu vertiefen: Das Zeremoniell sah vor, daß die Kommunikation bis zum Abendessen ausgesetzt wurde.

Die Diskretion meiner Gastgeber ließ auf Gleichgültigkeit schließen, aber das war mir ganz recht so, denn sonst hätte ich mich mit einer Horde verzweifelter Vierzigjähriger herumschlagen müssen, die zu reich waren, um Jugendliche auf Klassenfahrt spielen zu können. Hätte man mich nicht in die hohe Kunst des Fahrradfahrens eingeweiht, hätte ich am Ende vielleicht noch geglaubt, daß ich mich amüsiere, oder hätte zumindest so getan. Aber Umberto ist mit mir über Straßen gefahren, die genauso flach und gleichförmig waren wie das Meer, an dem wir entlangfuhren, und hat an den Kreuzungen auf mich gewartet. Als ich so tat, als sei ich müde, hat er mich auf seiner Fahrradstange mitgenommen; als ich ihm sagte, ich hätte genug von diesem flachen Meer, hat er mit mir einen Ausflug in die Berge gemacht und dann mit mir unter einer Weinlaube bei zwei freundlichen alten Leuten Wild gegessen.

Beim Essen und Trinken habe ich an nichts anderes gedacht als ans Essen und Trinken. Das Leben erschien mir an diesem Tag so leicht, und ich verspürte ein Gefühl von Zärtlichkeit und Freude im Bauch, das mich schwitzen und vergessene Gefühle wiederkehren ließ. Als ich ihn küßte, wollte ich seine Hände sofort überall spüren. Aber wir haben bis zu Hause gewartet.

Als es dunkel wurde, bin ich allein spazierengegangen, habe mich in ein Café gesetzt und bestellt, ohne vorher mein Geld zu zählen: «Können Sie mir auch ein Päckchen Zigaretten und eine Telefonkarte bringen?»

«*Subbito, signò* – sofort.» Der hatte bestimmt nicht nördlich von Kampanien das Licht der Welt erblickt.

Die Karte lag einige Tage in meiner Tasche herum, bevor ich sie benutzte: «Paola?»
«Ciao ... ciao!»
«Hör zu, ich ...»
«Sag nichts, komm lieber zurück.»
«Ich habe die Stelle ...»
«Ich weiß, Elisabetta hat angerufen.»
«Ach so ... und was hat sie gesagt?»
«Sie wollte wissen, ob du endlich zufrieden bist ...»
«Hat sich Alma bei dir gemeldet?»
«Ja, sie ist schon hier. Dummì ist sofort aufs Bett geklettert und eingeschlafen.»
«Auf mein Bett?»
«Ja, auf unser Bett. Aber sie haben schon eine Unterkunft gefunden. Ich ... schlafe praktisch im Moment im Kindergarten.»
«Was hast du schon groß zu tun?»
«Ich pack's nicht, wenn ich nicht von dir zu hören kriege, daß ich es nicht packe.»
«Na gut, dann stell schon mal eine Liege für mich im Kindergarten bereit. Ich ruf dich an, wenn ich zurückkomme ...»
Während wir am Abend gewählten Schwachsinn am Kickertisch von uns gaben, entlud sich ein Gewitter. Wir haben den Ball gerettet und auf der Veranda des Strandklubs Zuflucht gesucht, die kaum Schutz bot, wirklich kaum – schon vor der Sonne nicht und erst recht nicht vor Regen.
«Ich habe noch nie gesehen, daß jemand nur mit einer Stange spielt – die hat doch auch zwei Hände?»

Ich war gemeint.
Das Wasser, das aus den überforderten Gullys schoß, versikkerte kaum, und wir sprangen wie wild auf die Aluminiumstühle des Strandklubs. Neben uns umarmte sich ein Pärchen, fast ohne einen Gedanken daran zu verschwenden, wie sie dort wieder wegkämen. Ich hatte eine meiner Korksandalen im Schlamm verloren und entschied, als ich pitschnaß auf dem Stuhl kauerte, ohne jemanden zu umarmen, am nächsten Tag nach Hause zu fahren.
Weil ich den frühestmöglichen Zug genommen habe, bin ich den ganzen Tag die tyrrhenische Küste entlanggefahren und auf den unmöglichsten Bahnhöfen umgestiegen. Kurz nach Rom habe ich auf die Uhr geschaut und festgestellt, daß ich in perfektem Einklang mit dem Eurostar war, den ich bequem mittags bekommen hätte. Während wir auf einem Notgleis darauf warteten, von ihm überholt zu werden, wurde mir klar, daß ich es nicht eilig hatte, nach Hause zu kommen, sondern nur aus Forte dei Marmi wegwollte, denn der Entschluß zur Abreise hatte die Zeit angehalten und barg in sich bereits das Gefühl der Rückkehr.

Bei meiner Ankunft empfängt mich die Nacht mit ihren warmen Armen. Ich mache mich zu Fuß auf den Weg, weil ich den Nachtbussen nicht traue, und das Labyrinth der Gäßchen beschützt mich bis nach Hause. In den Erdgeschoßwohnungen schlafen sie mit zur Straße geöffneten Türen, einige haben den Kampf gegen die Hitze aufgegeben und rauchen auf der Schwelle. Überall lungern Banden von Kindern herum. Niemand hat sich hier damit abgefunden, daß es in einer Stadt mit mehr als einer Million Einwohnern unmöglich ist, alles von allen zu wissen, und deshalb paßt einer auf den anderen auf, neugierig, aber von der Hitze erschöpft: Sie durchwühlen meinen Koffer und ich ihre Wohnungen – das alles passiert im Vorbeigehen. Niemand schläft. Auch meine Wohnung ist glühendheiß. Ich mache den Fernseher an und gehe duschen, in den Nachrichten kommt ein Bericht über die Städte, die die Hitze leergefegt hat. Aber die Bilder zeigen nur Rom und Mailand.

Noch nie hat jemand für mich eine Überraschungsparty organisiert. Ich glaube, daß ich nie jemandem die Chance dazu gegeben habe. Aus Angst, daß für mich wichtige Ereignisse unbeachtet vorübergehen, habe ich Festivitäten immer weit im voraus angekündigt. Und ich habe immer alles gefeiert, selbst wenn ich keine Lust dazu hatte – aus Angst, daß ich wirklich verschwinde, wenn ich in den Augen der anderen verschwinde.
Seit Tagen liegen nun schon die Anzeichen für eine Überraschungsparty in der Luft: Was Dummì mir erzählt, stimmt nie mit der Version der Erwachsenen überein, und Paola stellt mir verdächtige Fragen ... schließlich habe ich sowohl den Tag als auch den Ort herausgefunden.
Paola hat mich gebeten, Klassenbücher in den Kindergarten zu bringen. Als ich ankomme, sehe ich ganz deutlich, wie sich hinter dem Fenster Schatten bewegen. Ich lasse mir soviel Zeit wie möglich beim Hochgehen, erkenne aber schon jede einzelne Stimme – ich bin eine Katastrophe. Als ich den Schlüssel ins Schloß stecke, ist die Tür offen.

Ich bin besser vorbereitet als sie – tue überrascht, lächle, bedanke mich und trinke ein wenig, obwohl es erst Nachmittag ist. Ich hoffe, daß Paola die Zigaretten gekauft hat, die mir schmecken.

3.

Wir sind vorbereitet. Auf dem Trümmerhaufen des vergangenen Jahres haben wir eine Festung aus Prinzipien der Unterrichtsgestaltung errichtet und rundherum einen Graben aus Lehrplänen gezogen. Unserem Feldherrn Elisabetta wurde eine Person an die Seite gestellt, die außerschulische Aktivitäten plant, wir haben unsere Speere auf das Schulamt, die Kommune, die Straßenreinigung und den Staatspräsidenten gerichtet, den Vorrat an Kreide und buntem Papier inspiziert und uns zu allem im Rahmen und außerhalb der Richtlinien des Ministeriums bereit erklärt. Aber sie haben uns geschlagen.

Das Viertel umzingelt uns und fällt uns in den Rücken. Die Kinder sind übel zugerichtete kleine Geiseln, die man uns als Machtdemonstration schickt: Unsere Stunden gehen vorüber, aber sie bleiben und machen mit den Kindern, was sie wollen.

Der Schulanfang war die Hölle, ein Kräftemessen. Die Kinder kamen aufgewühlt von der Todesart des zuletzt im Viertel Ermordeten in der Schule an. Antonellas Bruder ist auf seinem Mofa von zwei Kugeln aus einem anderen Stadtviertel getroffen worden. Die Kinder überbieten sich gegenseitig mit minuziösen Beschreibungen – sie haben alles gesehen. Und sie haben noch mehr gesehen, denn die Leiche ist einen Tag und eine Nacht lang im Viertel liegengeblieben – die geliebte Geisel des Clans.

Da meine Schüler aus der dritten Klasse acht Jahre alt sind und schon groß, hat man sie mit makabren Ritualen wachgehalten, die ihnen eine Mahnung sein sollten. Mit dieser Mahnung haben sie mindestens fünfzehn potentielle Killer geschaffen. Fünfzehn habe ich behaupten hören, sie würden es tun, nicht sagen, sondern tun.
Wenn es uns heute gelingt, die Kinder ein wenig zu beruhigen, haben wir eine heroische Mission erfüllt – die Fächer sind Extras wie die Klimaanlage im Auto. Wir lenken einen Traktor, der uns die Luft ins Gesicht spuckt.
Aber die Kinder können sich nicht einmal für ein Spiel entscheiden. Alle demokratischen Wahlversuche enden mit Raufereien und Isolierung. Sie heben nicht einmal die Hand, wenn abgestimmt werden soll. Heute sind alle Wölfe, und Obst gibt es nicht.
«Mein Bruder hat gesagt, daß er von hier verschwinden muß», erzählt Luisa.
Ich will ihr raten, gemeinsam mit ihrem Bruder zu verschwinden, aber die Beschreibung des zerstückelten Ohrs schlägt mir auf den Magen, und deshalb bin ich diejenige, die schnell in Richtung Toilette verschwindet. Und sich übergibt.
Elisabetta bestellt die Mütter zu einer außerordentlichen Elternversammlung in die Schule, aber keine kommt. Als Entschädigung tauchen ein paar Väter auf, die uns mitteilen, daß die Mütter weinen müssen und keine Zeit für die Lebenden haben. Und daß wir uns lieber um Geschichte und Erdkunde kümmern sollen.
Alles klar.

Wenn ich nicht solche Angst vor einer Magenspiegelung gehabt hätte, hätte ich erst gemerkt, daß ich schwanger bin, als mein Bauch dick wurde. Wenn man mit einer Frau zusammenlebt, rechnet man mit bestimmten Dingen einfach nicht. Die mentalen Voraussetzungen für eine Empfängnis waren nicht gegeben, vielleicht die chemischen, aber die hatte ich vergessen: Bestimmte Organe schienen nicht zu mir zu gehören. Da ein Schwangerschaftstest aus der Apotheke wesentlich weniger invasiv ist als eine Sonde, die sie dir in den Hals stecken, fand ich, daß es einen Versuch wert war.

Die Hausmeisterin stellte die Frage, als sie gesehen hat, wie ich mich im Hauseingang übergab: «Professoressa, sind Sie etwa schwanger?»

«Von wegen schwanger, Signora Calemme, ich habe schon einen Termin für eine Untersuchung im Krankenhaus.»

Schwanger. Für die Signora Calemme ist das plausibel. Eine kotzende Zweiunddreißigjährige hat nicht Magenkrebs, sondern ist schwanger.

Warum ich einen Termin beim Gastroenterologen gemacht habe? Kann nicht auch ich schwanger werden? Während ich die Treppen hinaufgehe, wird mir klar, daß dies das Nächstliegende ist und daß die Hausmeisterin, die nicht in meiner komplexen Welt, sondern in ihrer Portiersloge lebt, eine authentischere Vorstellung von mir hat als ich selbst.

«Alma! Welche Farbe siehst du in dem Testfenster?»

«Du bist schwanger.»

«Nein, es sieht blau aus, aber wenn man es so ins Licht hält, ist es eher lila, siehst du?»

«Du bist schwanger.»
«Jetzt habe ich zwanzig Minuten gewartet, glaubst du, daß sich die Farbe noch ändert?»
«Du bist schwanger.»
«Glaubst du, daß ich schwanger bin?»
«Ja, ganz sicher, außerdem übergibst du dich ständig. Hast du deine Tage gehabt?»
«Meine Tage ...»
Stimmt, die hatte ich gar nicht mehr, aber das habe ich ohne Staunen registriert. Ich hatte sie ganz vergessen, so als ob mein Köper neue Existenzarten testet. Ich trug meine Tage so lange in einen Kalender ein, wie ich an meiner Identität festhielt, aber irgendwann habe ich diese Angewohnheit aufgegeben.
Alma hat mir mit ihrer Art, keine Fragen zu stellen, sehr geholfen. Genau wie die Hausmeisterin hat sie sich überhaupt nicht gewundert.

Ich habe mir einen ungünstigen Nachmittag ausgesucht, um es Paola zu sagen. Als ich die Blumen goß, kam Dummì und machte sich die Füße in dem Schlamm schmutzig, der aus den Vasen lief. Seine Mutter schrie ihn an und drohte, ihm Söckchen anzuziehen. Angesichts einer solchen Grausamkeit trampelte Dummì mit der ganzen Kraft seiner schwärzlichen Füße auf unserem Bettuch herum. Ich habe ihn damit beruhigt, daß man auch Söckchen schmutzig machen kann, aber da kam gerade Paola zurück und wurde richtig sauer. Es war nicht der falsche Augenblick, einfach nur ein ungünstiger. Ich habe die Information einfach in

 den Raum gestellt, weil ich hoffte, daß zum dritten Mal ein Wunder geschieht und das Staunen ausbleibt: «Paola, ich bin seit August schwanger.»
Sie schaut mich an – sie ist wunderschön. Dann geht sie wortlos weg.
Alma trägt das Kind fort und murmelt: «Warum tut sie das bloß?»
Vielleicht hat sie gedacht, daß ich das Kind mit Paola gemacht habe.
Als Paola wiederkommt, wirft sie meine Zigaretten vom Balkon. Das heißt, daß sie die Lage akzeptiert hat und die Situation in die Hand nimmt. Mir kommt es wie eine Rache vor, und ich bleibe die ganze Nacht auf dem Balkon, um mir den glücklichen Finder anzuschauen.

Ich unterrichte am Rand einer Startbahn: Vibrieren und Lärm sind Teil der Schule, Elemente, die meine Sinne schon nicht mehr wahrnehmen. Deshalb habe ich eine Zeitlang gebraucht, um zu verstehen, worüber sich Paola aufregte. Sie und ihr Kindergarten.
Es ging um eine Klimaanlage oder besser gesagt um eine ganze Reihe von Klimaanlagen, die vom Boden bis in das Stockwerk unter dem Kindergarten reichten.
Paola hatte sich vollständig mit dem Ladeninhaber zerstritten, der ihr Nervenkostüm bereits überstrapaziert hatte. Als sie ihm mit einem Techniker des Gerichts gedroht hatte, der die Schwingungen messen sollte, hatten ihm, seinen Verkäufern und der Kassiererin bei dem Wort Gericht die Haare zu Berge gestanden, da man mit Vergeltungsmaßnahmen

rechnete. Alma, die sich seinerzeit in diesem Ambiente auskannte, hatte das Geschäft sofort als Geldwäscherei identifiziert.

Deshalb schickte man mich, die Unantastbare, mit meinem Bauch als Schutzschild zu ihm, um eine Versöhnung anzubahnen.

Als ich in das Geschäft komme – vollgestopft mit Ware, aber weit und breit kein Kunde –, fallen mir die merkwürdigen hochglanzpolierten Rüstungen vom Flohmarkt auf und die Darstellungen von Waffen aus dem Jahr tausend. Deshalb verlege ich mich auf kulturelle Schmeicheleien: «Aha, Sie sind Mediävist.»

«Ja», sagt er stolz, «ein Nachfahre von Karl Martell.»

Da ist mir alles klar – ein ruhmreicher Name, den ihm die Camorra verpaßt hat. Ich komme zum Punkt und winde mich zwischen meinem Bauch, den Klimaanlagen und Poitiers hin und her, um einen Kompromiß zu finden: Wir bezahlen einen privaten Techniker, er die Isolierung. Zum Schluß lädt er mich zu einer Modenschau von ich weiß nicht wem nach Capri ein, und ich lehne ab, indem ich auf die Kugel unter meinem Busen zeige.

Von da an ignorieren sich Paola und Karl der Große, und mir ist ewiger Schutz gewiß und die Möglichkeit, meine Schecks gleich bei ihm einzulösen.

Nachts träume ich jetzt oft davon zu rauchen. Ich atme den Rauch in langen, kräftigen Zügen ein, die mich entspannen, und alles ist einfach und normal. Dann fällt mir plötzlich wieder ein, daß ich das nicht darf, und ich bin erstaunt, es einfach vergessen zu haben, aber da ich nun einmal dabei bin, rauche ich weiter. Beim Aufwachen ist mir übel, ich betrachte meinen Bauchnabel und fühle mich auf eine seltsame Art seltsam.

Die Camorra ist überall, und mein Bauch wächst in dieser seltsamen Welt. Die Camorra ist in der kühlen jodhaltigen Luft der Klimaanlagen, in den gefärbten Haaren der übergewichtigen brutalen Frauen, in ihren Angriffen, mit denen sie sich verteidigen. Dann sind da noch die Kleinkriminalität der kleinen Hüter dieser kleinen Welten, der Gefallen, der dich zum Komplizen macht, die kaputte Kindheit und das Dröhnen der Flugzeugmotoren, das alles übertönt. In dieser Welt wird mein Bauch dicker – nachts ist das nicht einfach.

Es schlägt mir auf den Magen, und ich muß mich übergeben.

Im Fitneßstudio habe ich aufatmen können. Beim Stretching dehne ich mich wie ein Yogameister und lerne, das zu steuern, was von meinen armen Bauchmuskeln übriggeblieben ist.

Ich spanne sie an, um meinen Sohn zu umarmen.

Jeder Frau, die an mir vorbeigeht, fällt etwas ein, was ich auf gar keinen Fall tun darf.

Vergebens warte ich auf jemanden, der mir sagt, vergiß es, mach dir keine Sorgen, Kinder wachsen von allein, auch wenn man sich keine Gedanken macht.

Außerdem fallen die Schuljahrestrimester mit denen meiner Schwangerschaft zusammen. Deshalb komme ich immer zu

spät zu den Sitzungen, und auf der Tagesordnung steht das ganze Jahr über mein letzter Ultraschall. Die Lehrerinnen reichen sich die Aufnahmen von Bank zu Bank weiter, um die Anatomie zu analysieren. Auch hier hagelt es Ratschläge zu homöopathischen Mitteln und den richtigen Breichen. Diese ganze Gesundheit würde ich liebend gern gegen einen kräftigen Zug an einer stinkenden Pfeife in einem verrauchten Lokal eintauschen.
Dann erhob sich die Frage nach dem Namen.
«Wie wollen wir ihn nennen?» fragt mich Paola eines Tages mit dem Kalender in der Hand.
«Keine Ahnung ... ich bin altmodisch, er müßte so heißen wie sein Großvater väterlicherseits ...»
«Dann ruf doch Umberto an und frag ihn, wie sein Vater heißt ...»
«Bist du verrückt?» sage ich lachend. «Was hat das mit Umberto zu tun?»
«Wenn du altmodisch bist, mußt du den biologischen Vater anrufen und nach dem Namen fragen ... los!»
«Was soll ich ihm denn sagen? Ich habe ihn nie mehr angerufen!»
«Komm schon ... wo ist seine Nummer?»

Hallo? Umberto?
... wie geht's? Gut? ... ja, das stimmt ...
... nein, ich rufe an, weil ich heute nacht von dir geträumt habe ...
... du Schwein – nein! ... ich habe geträumt, daß wir mit deinem Vater spazierengegangen sind ...

 … na ja, einer, der im Traum dein Vater war und mir eine Zigarette angeboten hat …

… das war's, das ist alles …

… ja, aber ich will Lotto spielen und muß wissen, wie dein Vater heißt, wie alt er ist und so weiter …

… natürlich macht das einen Unterschied …

… Lorenzo? Was für ein schöner Name! Und warum hat er dich Umberto genannt?

Seit ich weiß, daß ich ein Kind produziere, hat die Zeit mehrmals andere Dimensionen angenommen. Deshalb fiel es mir schwer, einzuschätzen, wie weit ich war. Von der Empfängnis bis zur Feststellung der Schwangerschaft habe ich an andere Dinge gedacht, das zählt also nicht. Dann ging alles rasend schnell – man hatte tausend Dinge zu tun, mußte in ganz neuen Kategorien denken, und die Pläne ließen die Wochen dahinschmelzen und verwandelten beinahe die gesamte Zeit in einen einzigen ununterbrochenen Gedankentag. Seit Januar stand dann plötzlich alles still: Das Kind hatte Form angenommen und veränderte sich nicht mehr. Ich hatte eine Idee gehabt und wartete jetzt darauf, sie verwirklicht zu sehen, aber das Wasser im Topf wollte einfach nicht kochen. Die Nacht war sehr lang, sie dauerte vierundzwanzig Stunden, und gleich darauf folgte die nächste. Ihr Rhythmus wurde von den Pipis vorgegeben.

Ich bin davon überzeugt, daß die letzten fünfzehn Tage so lange gedauert haben wie die ganze restliche Schwangerschaft. Aber wenn ich alle Zeitverzerrungen zusammenzähle, hat mein Warten ungefähr neun Menschenmonate gedauert.

Die ersten Strahlen der Aprilsonne erzeugten auf meiner Nase keine Sommersprossen, sondern Sonnenbrand auf jedem unbedeckten Fleckchen Haut, und ich bin unerträglich geworden. Ich ertrage keine Kinder mehr, weil sie Kinder sind, aber ebensowenig ertrage ich die Erwachsenen, die mich schon vorher genervt haben. Paola ist meine bevorzugte Zielscheibe, aber sie ist fast nie da. Nur in der Portiersloge kann ich mich entspannen. Nach der Schule verschlinge ich Omelett mit Brot (seit einem Monat esse ich nur noch Omelett und Brot) und gehe dann zu Signora Calemme. Die Signora holt zwei Stühle aus ihrer Portiersloge und setzt sich auf den niedrigeren, den ihr Mann aus der Schule mitgenommen hat, in der er Hausmeister war. Für mich steht der bequeme Korbstuhl bereit, weil ich schwanger bin, und Schwangere werden bevorzugt behandelt, das weiß man ja. Wir sitzen zu beiden Seiten des Hauseingangs wie zwei Prellsteine und kontrollieren das Kommen und Gehen, den Verkehr und den Fußweg gegenüber, wobei die Signora noch ein kleines Stück in die Gasse hineinsehen kann. Inzwischen gehe ich in T-Shirt und Pantoffeln hinunter und sehe aus wie ihr jüngeres Alter ego. Sie rät mir, wie ich die Beine halten muß, um zu vermeiden, daß sie anschwellen, und erklärt mir alles, was sie weiß oder sich einbildet, über die Welt um sie herum zu wissen. Ich höre interessiert zu, reagiere kaum, habe aber gelernt, lange prüfende Blicke auf meine Nachbarn zu werfen. Ich weiß nicht, warum wir eine Hausmeisterin bezahlen, die die Post nicht sortiert, selten oder nie die Treppe putzt und ihre Nase in all unsere Angelegenheiten steckt, aber ich bin damit sehr zufrieden.

«Ich arbeite vormittags, Professoressa, genau wie Sie, deshalb kann ich Ihnen nachmittags Gesellschaft leisten.»

«Natürlich, das leuchtet ein», sage ich und frage mich, wie sie es schafft, in schlappen zwei Tagen einen Pulli zu strikken.

Sie läßt die Arbeit nur ruhen, wenn der Hausverwalter sie bittet, eine Bekanntmachung in der Portiersloge anzuschlagen. Lesen kann sie zwar nicht, aber sie weiß, wie herum sie sie aufhängen muß.

Wenn dann noch ihr Handy klingelt! Eine Freudenhymne steigt aus den Wollknäueln auf, und sie fragt: «Ist das Ihrs oder meins?»

«Signora Calemme, ich habe doch kein Handy.»

«Dann ist es meins!»

Ich drehe mich diskret zur Straße oder starre auf meine Krampfadern, aber es sind sowieso fast immer ihre Töchter, die oben im Haus wohnen.

«Sie müssen sich auch eins holen, Professoressa», sagt sie danach, «das ist einfach wunderbar.»

Heute habe ich sie getroffen, als ich zur Schule ging, und habe sofort neuen Mut gefaßt: «Stellen Sie schon einmal die Stühle bereit, Signora», habe ich zu ihr gesagt.

«Professoressa, wird es ein Junge oder ein Mädchen?» hat sie gefragt.

«Ein Junge, wir nennen ihn Lorenzo!»

«Das sieht man, Ihr Bauch ist spitz. Auf Wiedersehen.»
Als ich am Nachmittag hinunterging, hing an den Stricknadeln bereits ein winziger Rolli aus himmelblauer Wolle.

Es ist Montag, und auf dem Flughafen muß Stau sein. Im Lehrerzimmer lassen wir das Dröhnen der Motoren über uns ergehen. Unser Lehrerzimmer ist eine Art Portiersloge, die zum Hof hinausgeht. In die Mitte des Raums haben wir einige Pulte gestellt, an denen wir erschöpft von der vorzeitigen Hitze auf unseren Stühlchen sitzen.
Der einzige männliche Lehrer hat das Wort ergriffen und versucht uns davon zu überzeugen, nicht zu nachsichtig mit Cardillo umzugehen, da uns sonst nächstes Jahr die Hölle bevorstünde. Bei dem Wort Hölle bohrt mir jemand ein Schwert vom Oberschenkel bis zum Hals. Ich lehne mich zurück, der Lehrer geht auf und ab und sagt nur noch «heilige Mutter Gottes», und vierzehn Lehrerinnen/Mamas diagnostizieren zweifelsfrei die ersten Wehen. Sie schicken Elisabetta los, um das Auto zu holen, und ohrfeigen dann den Lehrer. Ich gebe der fetten Hausmeisterin Paolas Nummer, bitte sie, sie anzurufen, und hieve mich schwer atmend wie ein Zenmönch ins Auto.
«Keine Sorge, Signora, ich kümmere mich darum!» ruft mir die Hausmeisterin nach. Die bevorstehende Geburt hat mich in die Klasse der Signoras befördert.
Als erstes fährt Elisabetta in die falsche Richtung auf die Stadtautobahn auf. Wie die Zunge einer Schlange windet sie sich um die gesamte nördliche Peripherie der Stadt, und erst nach langer Zeit, nach viel Stau und Schmerz können wir abfahren.

 Betta versucht mich zu beruhigen, aber da sie selbst keine Kinder hat, habe ich keinen Grund, ihr zu glauben. In der Zwischenzeit bewegt sich das Kind in meinem Bauch und drückt von innen gegen meinen Gebärmutterhals. Ich denke mit einem Lächeln an den Gynäkologen, der in seinen Terminkalender vergraben festgelegt hat, wann und wie es geboren werden soll: nicht an einem Samstag; nicht nachts und nicht, während er auf einem Kongreß ist.
Statt dessen hat mein Kind ohne Kalender und Uhr entschieden, wann es rauskommt, es hat sich ohne Kompaß und Licht gedreht und die richtige Richtung gefunden.

Es kommt in der Autobahnausfahrt zur Welt, wir stehen im Stau, und über uns hängt das Schild «Zona ospedaliera», Krankenhausviertel. Instinktiv weiß ich, daß alles gutgegangen ist. Das Kind liegt schreiend auf meinem Bauch, und ich halte wenige Zentimeter vom Bauchnabel entfernt die Nabelschnur fest – zu mehr bin ich nicht fähig. Elisabetta hockt neben mir im BH, denn ihre Bluse haben wir gebraucht, und weint seit mehr als einer halben Stunde herzzerreißend.
«Nun hört euch die beiden an», sage ich, «so ein Konzert!»
Ich atme tief ein und aus, und das Kind hebt und senkt sich auf meiner Brust. Ich rieche unsere Gerüche – nach Stuhl und Urin, Blut und Schleim, Vagina und Schmerz. Alles ist dicht, und durch mein Gehirn schießen Millionen Neurotransmitter des Glücks.
Als wir im Krankenhaus ankommen, scheide ich gerade die

Plazenta aus. Im Krankensaal machen sich die Käfer darüber her, aber das erzählen sie mir erst später.
Denn jetzt schlafe ich und träume, daß ich im Hafen auf der Hafenmauer sitze, die Beine baumeln lasse und mit meiner Mutter Hasch rauche.

Danksagung

Ich danke Enzo Avitabile für *Asteco e cielo* – es geschrieben, gesungen und mir geliehen zu haben;
den angehenden Lektoren aus den Kursen von minimum fax vom November und Februar – für Zuckerbrot und Peitsche;
Alessandra, weil sie weiterlesen wollte, und Martina, die mir erklärt hat, wie ich sie zufriedenstellen kann;
Nicola und Marco, denen dieses Buch ebenso gehört wie mir.
Und schließlich Francesco, der sich nie darüber gewundert hat.

Glossar

Avitabile, Enzo neapolitanischer Sänger

Bagnoli Standort der Stahlwerke «Italsider» bei Neapel

Edenlandia neapolitanischer Freizeitpark

Filomena Marturano Protagonistin des gleichnamigen Theaterstücks von Eduardo De Filippo, das im Neapel der Nachkriegszeit spielt: Eine Prostituierte heiratet und verheimlicht ihrem Mann jahrelang, daß sie Kinder hat

Gambrinus vornehmes Café, in dem sich Neapels High-Society trifft

Italsider Stahlwerke in Bagnoli bei Neapel

«Le mani sulla città» Film von Francesco Rosi von 1963 über die Baukorruption in Neapel; deutscher Titel «Hände über der Stadt»

Mostra Oltremare Ausstellungs- und Messegelände am Stadtrand von Neapel

Parco Robinson Stadtpark in der Nähe des Messegeländes «Mostra Oltremare»

Porto Marghera Standort von Chemiefabriken und Erdölraffinierien in der Lagune von Venedig

Posillipo Villenviertel von Neapel

Pozzuoli kleine Stadt in der Nähe von Neapel, bekannt für ihren Fischmarkt

Scala Quaranta italienisches Kartenspiel; Ziel ist es, eine Reihe mit 40 Punkten auszulegen

Vomero elegantes Jugendstil-Stadtviertel auf einem von Neapels Hügeln

Zona ospedalivera Stadtviertel mit allen wichtigen Krankenhäusern

«167» Viertel am nördlichen Stadtrand, geprägt vom sozialen Wohnungsbau der sechziger Jahre